Melhores Contos

Ribeiro Couto

Direção de Edla van Steen

 *Melhores Contos*

Ribeiro Couto

Seleção de Alberto Venancio Filho

São Paulo
2002

© João Maria Pereira Rennó, 1997

Diretor Editorial
JEFFERSON L. ALVES

Assistente Editorial
RODNEI WILLIAM EUGÊNIO

Gerente de Produção
FLÁVIO SAMUEL

Revisão
REGINA ELISABETE BARBOSA
MARIA APARECIDA SALMEROM

Editoração Eletrônica
ANTONIO SILVIO LOPES

Dados Internacionais de Catalogação na Publicação (CIP)
(Câmara Brasileira do Livro, SP, Brasil)

Couto, Ribeiro, 1898-1963.
  Melhores contos : Ribeiro Couto / seleção de Alberto
Venancio Filho – São Paulo : Global, 2002. – (Coleção
melhores contos)

  ISBN 85-260-0768-8

  1. Contos brasileiros I. Venancio Filho, Alberto.
II. Título. III. Série.

02-2054   CDD–869.935

Índices para catálogo sistemático:

1. Contos : Século 20 : Literatura brasileira   869.935
2. Século 20 : Contos : Literatura brasileira   869.935

Direitos Reservados

**GLOBAL EDITORA E
DISTRIBUIDORA LTDA.**

Rua Pirapitingüi, 111 – Liberdade
CEP 01508-020 – São Paulo – SP
Tel.: (11) 3277-7999 – Fax: (11) 3277-8141
E.mail: global@globaleditora.com.br

Colabore com a produção científica e cultural.
Proibida a reprodução total ou parcial desta obra
sem a autorização do editor.

Nº DE CATÁLOGO: **2062**

Alberto Venancio Filho. Nascido em 1934 no Rio de Janeiro. Advogado militante. Autor de vários trabalhos de caráter interdisciplinar sobre direito, história e educação. Publicou os seguintes livros: "A Intervenção do Estado no Domínio Econômico" (1ª Edição 1967 – Edição fac-similar de 1998), "Das Arcadas ao Bacharelismo" (1977), "Notícia Histórica da Ordem dos Advogados do Brasil" (1982), "Elogio a Afonso Arinos" (1992). Autor de artigos sobre os mesmos temas publicados em revistas especializadas. Membro da Academia Brasileira de Letras, do Instituto Histórico e Geográfico Brasileiro e do Instituto dos Advogados Brasileiros.

PREFÁCIO

A obra literária de Ribeiro Couto se estende por vários ramos: a poesia, a crônica, as atividades jornalísticas, o conto, e, quando for divulgada sua correspondência, conhecer-se-á um grande epistológrafo. Embora esquecido nos dias de hoje, alcançou maior sucesso com a poesia do que com a obra de cronista, embora esta se revele de especial importância.

Nascido na cidade de Santos, de família humilde, fez os estudos secundários na cidade natal, formando-se com dezesseis anos na Escola de Comércio José Bonifácio. Transfere-se para São Paulo para trabalhar em jornais e matricula-se na Faculdade de Direito. Coincidentemente, seu primeiro trabalho literário deveu-se ao concurso promovido em 1918 pela Revista *Cigarra* sobre o tema "O Anhangabaú". Ribeiro Couto obteve o primeiro prêmio com o pseudônimo de "Alma de Tântalo".

Com os recursos obtidos viaja para o Rio de Janeiro, onde se aproxima de figuras do mundo literário carioca, para a seguir se transferir definitivamente para a Capital Federal. É desse período a fase mais marcante de sua atividade literária com amizades nos círculos intelectuais, e levando uma vida boêmia que o conduziria depois a se recuperar da saúde em Campos do Jordão. A vida boêmia e literária, a freqüência ao bairro da Lapa são o pano de fundo para os primeiros contos, com a estréia do volume "A casa do gato cinzento".

Ausenta-se do Rio para recuperar-se com "os bons ares de Campos do Jordão", restabelecendo-se em 1924, passando a exercer funções de delegado de polícia e de promotor nas regiões do Estado do Rio, de São Paulo e de Minas Gerais, em Pouso Alto, São Bento do Sapucaí e São José do Barreiro. Este será o cenário do segundo ambiente retratado em contos: a vida campestre nestes lugares de repouso e calma.

Em 1928 é nomeado auxiliar do Consulado de Marselha, iniciando-se na carreira diplomática, que se estenderia por quase quarenta anos, com poucas vindas ao Brasil, motivo pelo qual foi se tornando desconhecido. Esta mudança brusca o levaria a dizer: "Daquela cidade morta (Pouso Alto), com o mato a crescer pelas ruas, desdenhada até pelos habitantes de Baependi e Aiuroca passei um dia, em fins de 1928, para o Hotel de La Régence, na Avenue Marceau em Paris. Mas não houve a Europa que me curasse da saudade daqueles três anos vividos em Pouso Alto."

De Marselha passaria um ano em Paris, e depois exerceria funções diplomáticas em Portugal, na Holanda e afinal na Iugoslávia, primeiro como Ministro e depois como Embaixador, durante dezesseis anos.

Em 1943, organizando o volume "Histórias de cidade grande", de contos selecionados por ele, Ribeiro Couto deu a própria definição na sua obra de contos. Em primeiro lugar as histórias passadas no Rio de Janeiro, considerando tipos e episódios aparentados pelo meio social, pelas condições de vida ou por estados psicológicos, certas inquietudes, certas frustrações. Haveria um segundo grupo que seria longe da metrópole marítima, e sua passagem pelas cidades do interior, que constituiria a história da cidade pequena. Contudo, ficaram de fora as narrativas de outra espécie, as mais caras, as da cidade natal, que não era grande nem pequena, mas que deram margem a várias histórias da meninice.

Essa meninice está retratada em poema:

"Nasci junto do porto, ouvi o barulho dos embarques
Cresci junto do porto, vendo a azáfama dos embarques
Sou bem teu filho, Oh! cidade marítima. Tenho no sangue o instinto da partida."

Sua obra de contista é curta, tendo como cenário sobretudo essas duas regiões, o Rio urbano e o meio rural das pequenas cidades do Sul de Minas e do Estado do Rio de Janeiro. De "A casa do gato cinzento" (1922), escreveria depois "O crime do estudante batista", também no mesmo ano, "Baianinha e outras mulheres" (1927), e em Portugal, reunindo contos já publicados, "O Largo da Matriz" (1940) e a coletânea de "Histórias de cidade grande" (1943). Há uma indagação a fazer sobre o "Clube das esposas enganadas" (1933), que obteve grande sucesso, e que pode ser tanto considerada como uma pequena novela, como um conjunto de contos, mas que o autor considerava como conto e do qual neste volume será publicado um excerto.

É curioso assinalar que das suas longas estadas no exterior, Ribeiro Couto, que escreveu poemas sobre Portugal, Holanda e Iugoslávia, jamais tenha publicado nenhum conto tendo como ambiente esses países em que viveu por longo tempo e que tanto se refletem em suas poesias.

Seu universo é na grande cidade a vida dos pequenos funcionários, dos modestos comerciários, das moças pobres, dos habitantes dos cortiços, das pensões e nas casas de cômodos; no mundo rural a vida simples dos homens do campo, ingênuos, sinceros e amigos.

Na vida urbana destaca-se sobretudo a boemia, a vida boêmia, de jovens em início de atividades aspirando à promoção social e sobretudo retratados no conto "Simão diletante de ambientes", episódio passado no bairro boêmio da Lapa, que a meu ver é um dos contos mais importantes da sua carreira. Por outro lado, "O crime do estudante Batista", narrativa de um rapaz pobre interessado em leituras e sem recursos para comprar livros, com certo cunho autobiográfico, é também uma de suas obras-primas.

A visão sentimental do mundo transborda na obra de Ribeiro Couto da poesia para a crônica e da crônica para o conto. O volume de crônicas "Cidade do vício e da graça", um dos seus primeiros livros, poderia ser considerado um livro de pequenos contos, enquanto personagens dos contos apareceriam em suas poesias, como a figura de Sebastião Pescador, tipo de vida rural, habitante dos pequenos ribeiros e que apareceria em belo poema:

"Sebastião Pescador, vestido de mortalha,
Foi viver no macio e esquecer seu tormento.
Lá é melhor. Tem peixe e nem nego trabalha."

Da vida rural há a mencionar "O Largo da Matriz", que é conto altamente biográfico, descrevendo o namoro com sua futura mulher, D. Ana Pereira do Couto. Zezé Flores, a mulher do inspetor de saúde, Dr. Maurício Flores, que se instalara numa pensão da Praia do Flamengo, e logo se apaixona pelo jovem estudante, é um dos personagens femininos mais expressivos.

A obra de um escritor tem as influências recebidas do passado e em termos de conto é obrigatória a referência a Maupassant e Machado de Assis. Em Ribeiro Couto essas influências não parecem tão nítidas, embora já tenha dito que nenhum escritor brasileiro escapou ao fascínio do autor de "Dom Casmurro". Contudo, em Ribeiro Couto se parece mais presente a influência de outros contistas, como o russo Tchecov e a inglesa Katherine Mansfield.

Ribeiro Couto, em carta ao escritor mexicano Alfonso Reyes, definiu o homem brasileiro como "homem cordial", assunto desenvolvido mais tarde em estudo de Sergio Buarque de Holanda. A cordialidade é um tema presente em toda a obra de contos de Ribeiro Couto, mas há contos de rara dramaticidade, como "Baiano, prisioneiro de Sapucaí!," no dizer de Gilberto Amado "um documento impressionante de psicologia brasileira". Trata-se de soldado legalista preso em Minas por ocasião da Revolução de 1932, e que é levado pela multidão para ser fuzilado. Ele, porém, no momento diz apenas: "Mas me matem vestido e não com minhas partes de fora". E aí tudo se transforma, o povo o aclama pela sua dignidade e pela sua coragem. E "A denúncia de sangue", caso de um médico obcecado pela doença de sífilis.

Depois de tantos anos vivendo no exterior, dizendo "sou o mesmo de há vinte anos, como brasileiro estranho, uivando a lua", Ribeiro Couto, ao aposentar-se em 1963, iria retornar ao Brasil cheio de planos e projetos de livros que estavam em sua cabeça. Dedicaria livro a um amigo "com o meu abraço que começa em Belgrado e acabará brevemente este ano ainda no Leblon".

Mas a sorte foi ingrata e dois meses depois ele falecia na cidade de Paris, a caminho da terra natal.

Os contos de Ribeiro Couto, ainda que obra pouco alentada, são representação típica das expressões maiores do conto brasileiro.

Alberto Venancio Filho

CONTOS

O CRIME DO ESTUDANTE BATISTA

Aquela situação era aflitiva.

O Senador Messias de Freitas prometera-lhe um emprego no Ministério da Agricultura; entretanto, passara-se um ano e a promessa não fora cumprida. Florêncio Batista escrevera-lhe uma carta ansiosa, explicando que o pai estava doente, naturalmente não lhe poderia mandar mais a mesada e era necessário que o emprego viesse salvá-lo. A resposta fora uma decepção: "Não se apresse, menino. O governo está tratando da reforma do Serviço de Povoamento e nessa ocasião você verá o seu nome na lista dos nomeados. Não se dê ao trabalho de escrever-me, que eu estou atento. E seu pai, meu querido amigo de infância, como vai passando ultimamente?" Com essa resposta Batista ficara impossibilitado de insistir. Tinha de esperar a reforma do Serviço de Povoamento... E o pobre do velho Batista, doente, que tirasse do sustento das irmãzinhas para fazer o filho bacharel.

Todos os meses Batista recebia duzentos mil réis. Mas isso não chegava para nada. Dava apenas para pagar a pensão. Batista sofria de um vício: os livros. À porta de uma livraria, não sabia resistir a certas capas amarelas com títulos sedutores. Parecia um jogador diante do pano verde. Ficava primeiro olhando as vitrinas, contendo o desejo. Sabia que o dinheiro era pouco. Como se arranjaria no dia seguinte com a lavadeira? Tímido, ficava a desejar aquelas brochuras novas, que encerravam romances, que encerravam poemas, que encerravam a beleza criada por homens maravilhosos e distantes ou desaparecidos. Depois, entrava. Era só para folhear um volume, outro, mais outro... E de repente não resistia: ali, na sua frente, estava afinal um livro de versos que ele há tanto desejava, um livro de pouca importância talvez, mas que o seu vício exigia. E o dinheiro começava a fugir. Chegava em casa carregado de livros. Jogando-os com alegria sobre a cama, respirava forte, olhava através da janela o céu puro, os arvoredos da rua, as montanhas longínquas. Como a vida era bela!

Durante todo o seu primeiro ano de Rio de Janeiro não conseguira trabalho algum. Antes de mais nada, faltava-lhe quem o recomendasse. Atraíam-no as portas das casas comerciais, as placas amarelas com nomes de firmas reputadas; mas os gerentes olhavam para ele um instante apenas, despediam-no com um gesto: não havia necessidade de pessoal nos escritórios. Na imprensa, até os empregos de suplentes da revisão tinham cortejos de candidatos à espera, quase sempre estudantes pobres como ele, como ele chegados da província. Nos colégios ainda era mais difícil. Os grandes internatos davam cama e mesa aos professores jovens; e os lugares, apesar do ganho insignificante, eram disputados, exigiam recomendações fortes que ele não podia apresentar. Tivera de limitar-se àqueles duzentos mil réis que o pai com sacrifício lhe mandava. Até que viu, num jornal, um anúncio pedindo um professor particular. Conseguiu assim dois alunos em Botafogo. Por meio deles, semanas depois, arranjou mais três. Pensara logo em renunciar ao dinheiro do pai. Mas cento e cinqüenta mil réis davam para alguma coisa? E ele precisava de tantos livros... Não gostava de ler na Biblioteca Nacional, nem se satisfazia com obras emprestadas. Queria ter os livros para si, marcar a sua emoção com riscos de lápis, relê-los quando quisesse, conviver com eles, nunca se separar daqueles pequenos mundos. Ah! dormir com os livros à sua cabeceira, despertar à noite e estender o braço para Machado de Assis!

Quase todos os dias Batista se deixava tentar por novos livros. Aquele convívio com criaturas desconhecidas era o seu prazer, a sua felicidade. Não resistia e arruinava-se.

Mas agora era aflitiva a situação: o velho, segundo dizia o telegrama – um telegrama confuso, escrito por um empregado dos Telégrafos, apressado, com uma letra deplorável – morrera. Nos primeiros momentos Florêncio Batista não teve a sensação daquele desaparecimento. Seria difícil, assim a distância, acreditar que o seu bom velho, que pigarreava o dia inteiro pela casa, curvo, a enrolar cigarros de palha, estivesse sob a terra, numa roupa preta, a decompor-se.

A idéia da pobreza em que ficava a família, sacudiu-o. O pai deixara duas casinhas para as três filhas solteiras e uma irmã velhota, que as criara. E, para o filho distante, a seguir o seu vago e moroso curso de bacharel, a participação desses pequenos bens provincianos. De que adiantavam?

Isso acontecia no fim do ano, quando os alunos de Florêncio Batista, entrando em férias, iam interromper as aulas que eram o seu ajutório. Perdia a mesada e perdia os alunos. Como iria viver?

* * *

Então começou para ele uma vida angustiosa. Entrou a fazer pequenas economias: de cigarros, de fósforos, de lavadeira... Andava com o mesmo colarinho vários dias. Não usava lenço. Poupava as camisas.

Pensou em forçar, mesmo sem relações, a revisão de um jornal. Uma noite encheu-se de coragem e foi ao *Diário do Brasil* perguntar se precisavam de um revisor de provas, ou de um ajudante. Qualquer coisa... Um senhor gordo, vermelho, suarento, em mangas de camisa, caçoou:

– Quê, menino? – E riu-se. – Temos até demais.

Na pensão, porém, havia o Clodomiro de Sousa, um magricela, do *Diário do Rio*. Sabendo da situação de Florêncio, prometeu-lhe:

– Tenha um pouco de paciência, Batista. Eu acabo arranjando-lhe um lugar. E na reportagem, hein? O secretário, qualquer dia, põe na rua o Belisário, um molengo que faz o Ministério da Marinha. Aí você entra na brecha.

Batista ficou contente. Mas a sua miséria, que ele escondia com um desesperado pudor, chegara a um ponto sombrio. Já devia à pensão um resto do mês anterior. E aquele mês todo, como pagá-lo? Sabia que D. Leocádia era inflexível. Decidiu-se a falar-lhe com franqueza:

– D. Leocádia, preciso conversar com a senhora.

Ela acudiu, sorridente, limpando as mãos no avental. – Pronto, Dr. Batista.

Batista tomou coragem:

– Estou numa situação difícil. Este mês não posso pagar a pensão.

Ela fez uma cara desiludida. Deixou passar um momento. Depois, devagar:

– É o diabo, Dr. Batista. É o diabo. Eu também ando aqui cheia de dívidas. A pensão não dá para nada. O senhor vê, pelo preço que eu cobro não tiro nem para as despesas. O custo da banha, da carne...

Batista sentiu vergonha. Repugnava-lhe aquele esmiuçamento de interesses, de dinheiro, de misérias.

– Que é que vou fazer, D. Leocádia? Se a senhora quiser, eu me mudo.

Ela não disse nada. Batista insistiu:

– Quer?

Acreditava que ela se opusesse a isso. Mas D. Leocádia tinha experiência. Quando um hóspede fraquejava no pagamento, preferia que ele se fosse embora sem pagar. Se ficasse seria pior, a dívida aumentaria, para dar no fim o mesmo resultado. Então disse molemente, como não querendo ser indelicada:

– O senhor faça como entender, Doutor.

Florêncio saiu para comprar um jornal e procurar um quarto. Era para ele um trabalho doloroso percorrer os anúncios. Desde que chegara ao Rio mudara de casa três vezes. Sabia da anônima tristeza dos oferecimentos: "Em casa de família honesta, em magnífico ponto da cidade..." "Senhora séria, viúva..." Sabia da tristeza de tudo aquilo, daquelas intimidades que se expunham ao acaso do primeiro passante, daquelas vidas que perdiam o pudor.

Achou um quarto barato na Rua Pedro Américo, perto do morro: 40$000 por mês, dizia o jornal. Foi ver: era numa casa sórdida, com barulho de crianças, mulheres lavando roupa no quintal, em tinas... A janela dava para as pedreiras de um morro.

* * *

Clodomiro ia saindo quando viu a mudança.

– Como é, para onde vai você?

– Para a Rua Pedro Américo.

– Então nos deixa?

Batista não respondeu. Clodomiro tinha sempre uma hipocrisia untuosa, uma amabilidade que soava falso no ouvido. Aquele "nos deixa" era irritante. Como se Clodomiro e os outros sujeitos da pensão se importassem muito com a presença dele ou de outro qualquer!

Mas conteve-se, ofereceu a casa, com uma seca polidez...

– Às suas ordens. Apareça.

Clodomiro lembrou-se:

– É verdade, venha ver-me no jornal. O secretário ainda não se decidiu a pôr o Belisário na rua. Mas é uma questão de dias. Aliás, andam já vários piratas cavando o lugar. Você sabe, imprensa é isso! Não vale nada, não presta pra nada, todos falam mal, mas todos querem entrar. Adeus!

E pulou num bonde que passava.

Batista foi a D. Leocádia:

– Assim que me sentir folgado, pagarei a dívida.

Ela riu um riso equívoco, experiente...

– Vamos ver, Doutor.

E estendeu para ele a mão que cheirava a cebola.

* * *

Batista entrou numa fase de angústias novas. Tratava-se agora de comer. O quarto estava pago um mês. Mas o último dinheiro acabara-se. Seus discípulos eram meninos ricos. Se lhes pedisse alguma quantia adiantada, perderia completamente a consideração.

Então, pela primeira vez na vida, Batista estendeu os olhos para os seus livros com o doloroso pensamento de vender alguns. A reforma no Ministério estava por pouco, dizia o Senador Messias de Freitas. Logo que fosse nomeado iria resgatar no sebo os seus pobres amigos.

Percorreu a estante. Qual deles? Qual deles venderia? Sentiu uma emoção profunda. Não, não era ilusão: ia separar-se de um pedaço de si mesmo. Aqueles volumes comprados com o seu penoso dinheiro, amados pelo seu pensamento, acariciados sempre pelos seus olhos e pelas suas mãos, podiam lá sair dali? Ele via rapazes venderem livros num sebo do Catete, que freqüentava. Admirava-se da fácil despreocupação deles todos:

– Quanto vale isto? Olhe lá, hein? Precinho de amigo!

Como ele era diferente! Ia custar-lhe muito.

Havia um sol bonito pela manhã azul. Nas casinhas do morro saía fumaça das chaminés e as pedreiras, enormes, caindo a pique até a rua, faiscavam.

Era preciso decidir-se. Tinha que almoçar para poder ir dar aula na casa dos discípulos. Então arrancou da estante, com um gesto bruto, quatro livros em bloco. Não quis olhá-los. Pô-los debaixo do braço e saiu.

O sebo ficava ali perto, na Rua do Catete, adiante de Correia Dutra, junto à faculdade. Tinha uma única e larga porta, ocupada até o meio pela vitrina suja, onde livros para crianças, desbotados pelo sol, se ofereciam. Entrou: era a sala estreita que ele conhecia bem: as paredes cobertas, até o teto, por estantes cheias de livros, em pilhas de acaso, sob a poeira. Um cheiro de velhice, de passado, de mofo. No centro, o balcão, com outras pilhas. Pelo chão, ainda pilhas... Por toda parte livros usados, num amontôo de capas coloridas onde assinaturas de donos anteriores davam a sensação triste do tempo. Atrás do balcão, ralhando com o caixeirinho parvo, o dono da livraria: uma espécie de velho judeu mulato, seco, esquelético, óculos no nariz em bicanca, uma barbicha cinzenta, inquieta, um barrete cobrindo a calva.

– Já lhe disse uma vez, duas vezes, cinqüenta vezes, que não se manda embora um freguês sem me perguntar se tenho ou não o que ele pede!

O caixeirinho era um pobre meninote, apalermado. Devia estar com dor de dentes; tinha um lenço passado por baixo do queixo, cobrindo de viés uma bochecha e amarrado em cima. Batista parou para olhar a neurastenia do homem. Resolveu interrompê-lo:

– Bom-dia.

O velho judeu mulato não respondeu e continuou:

– Não posso mais! Pois o senhor não aprende nunca!

O menino teve, por fim, uma rebelião chorosa:

– Também o senhor briga com a gente a toda hora...

O velho ficou silencioso, com medo de perder o empregado. Aí voltou-se para o estudante.

– Bom-dia.

Batista pôs os livros em cima do balcão e só então verificou: *Le Lys Rouge, Boule de Suif, Les Fleurs du Mal, D'un Pays Loíntain...* Teve uma dor de arrependimento. O velho perguntou:

– Que é? Quer vender?

Tomou do *Boule de Suif:*

– Hum! Maupassant. Disto temos muito aqui. E isto?

Abriu o Baudelaire, verificou:

– Poesia...

Sorriu de um modo incerto, coçando a barbicha irônica. Tinha um jeito irritante de pegar nos livros, lendo os títulos por debaixo dos óculos, como se os cheirasse.

– Quatro brochuras. Muito bem! O senhor compreende, se fossem encadernados valiam mais... Dou-lhe 3$000.

Batista recuou. Ingenuamente sentiu o sangue no rosto, a queimá-lo.

– O senhor sabe quanto eu paguei por estes quatro volumes?

– Que é que vou fazer? O livro depois de usado perde.

– Perde quê?

– Perde.

E encolheu os ombros. Batista ardia. Teve um arranco:

– Pois dê-me o dinheiro.

O velho abriu tranqüilamente a gaveta. Mexeu nos níqueis algum tempo. Depois, com uma calma perfeita, estendeu a mão com as moedas.

– Conte para ver se está certo.

Batista pôs o dinheiro no bolso e saiu tonto para a rua cheia de vida, de rumor e de sol.

* * *

Não podia continuar naquela situação. Enchendo-se de coragem, pediu a um dos alunos um pequeno adiantamento. Mas logo se arrependeu. Sentiu que aquilo o desacreditava e tomou a resolução, custasse o que custasse, de não tornar a pedir um único vintém.

Batista pagou à lavadeira e ficou com algum dinheiro para comer. Mas era horrível, horrível... Seria possível que estivesse naquela miséria, como nos romances? Lera dias antes num jornal que no Brasil ninguém passava fome. Ali estava ele. Todos que lhe haviam feito promessas conheciam sua situação, sabiam que ele precisava muito. No entanto, ninguém se apressava. O sol aparecia todos os dias, a vida rolava pelas ruas com a regularidade de sempre, o dinheiro continuava a cair nas mãos dos afortunados com a fatalidade de um mecanismo. Portanto, ninguém podia passar fome no Brasil. Não havia o interior para trabalhar de enxada nas fazendas?

Era desesperador. Desde que o pai morrera, andava naquela excitação, naquela ânsia. Não aparecia na faculdade senão raramente. Ia perder os exames. Tinha a impressão de que todos sabiam da sua pobreza e tornara-se esquivo.

Refletia... Tivera já a idéia de voltar a Goiás. Mas para quê? As irmãs estavam com a tia. O pai deixara aquelas duas casinhas. A família morava numa e vivia com o rendimento da outra. Que iria fazer lá, ocupar-se em quê? Pedir, procurar emprego como aqui... Não, valia mais ficar. Depois, aquele regresso representava uma derrota. A cidade tinha reprovado o velho Batista, invejosamente:

– Quer ter a vaidade de formar o filho. Vamos ver se ele não arreia a mochila no meio do caminho. Quem é pobre não inventa modas.

Não... Nunca. Preferia adoecer de miséria, ir para um hospital, morrer anônimo, a voltar à cidadezinha má. Antes esta, a cidade enorme, maravilhosa e indiferente...

Tomou uma resolução. Iria mais uma vez ao Senado. Falaria com o Senador Freitas. Abrir-se-ia com ele. Que visse aquela situação, que lhe arranjasse qualquer coisa...

E essa idéia deu-lhe um vigor de esperança nova.

* * *

O Senado era no Campo de Santana, na esquina da Rua do Areal, um casarão baixo com uma longa fila de janelas. Havia automóveis parados pelas imediações, confortáveis, brilhantes, ilustres. No *hall* do edifício, apinhava-se gente de ar humilde, com a denúncia do pedido expectante na fisionomia servil. Subiu até o meio da escada e parou indeciso. Um contínuo passava:

– Eu queria falar com o Senador Messias de Freitas.

– É ali com o porteiro.

E apontou a sala da direita, onde outros grupos humildes esperavam. Tomou aquela direção, entrou. Viu logo, em redor de uma mesa, vários sujeitos ociosos que deviam ser porteiros todos. Conversavam felizes, risonhos.

– O Senador Freitas...

Olharam-no.

– Tem cartão?

Não tinha cartão. Mandaram-no escrever o nome num papel. Escreveu. Batista ficou olhando, em pé. Numa outra sala, ao lado, havia um busto de Pinheiro Machado. O contínuo voltou.

– Pro senhor esperar lá dentro.

– Onde?

– Aquela sala, depois dessa aí.

Atravessou a sala do busto, entrou noutra, em penumbra, severa, com móveis antigos, uma galeria de retratos pelas paredes – retratos de homens do Império, de homens da República... Sentiu um respeito místico.

Na sua frente uma moça de cor-de-rosa olhava para tudo com um modo familiar, à vontade. Entrou um velho gordo, morenão, pesado, sorrindo para ela. Lembrava-se de ter visto aquela cara num jornal. Era um Senador. Ele chegou para a moça, apertou-lhe a mão, ficaram falando baixo. A moça ergueu-se satisfeita, despediu-se:

– Pois muito obrigado, Doutor. Passe bem. Ele ainda recomendou:

– Não tenha susto.

E saiu por onde entrara, pesado, enorme, oscilando a pança...

Daí a minutos apareceu o Senador Freitas.

– Menino, como vai você?

Passou os olhos pela roupa preta do estudante e sentenciou:

– Fui muito amigo de seu pai. Bom homem. Caráter íntegro. Vontade de ferro. Podia ter sido muita coisa em nosso Estado. Não quis! Dizia que lhe faltava temperamento. O que ele era, sabe o que era, menino? Um puro, isso sim. No entanto...

Batista impacientava-se com o tom afetuoso daquele homem. Sempre assim. Parecia tocado de enternecimento, de bondade, de interesse... Era capaz de estender-se durante horas naqueles louvores moles, sem variar.

– Doutor, estou numa situação desesperada. O senhor foi muito amigo de meu pai. Sabe que o desejo dele era que eu me formasse. Pois bem, não tenho nem para a pensão. Com a morte do velho, fiquei sem a mesada. A reforma que o senhor espera está tardando. Que devo fazer?

– Não, ainda ontem o Ministro...

– Nessas condições, eu queria que o senhor me arranjasse uma coisa qualquer, qualquer, absolutamente qualquer. Estou no fim das forças. Dou lições particulares, mas isso não chega para nada. Ultimamente, tenho vendido livros, que é o que eu mais amo na vida – e frisou – que amo acima de mim próprio.

O velho político olhou aquela sonhadora energia de rapaz e sorriu da efusão lírica. E como gostava de fazer espírito, de contar anedotas, de divagar, mesmo diante de uma dor, aproveitou a oportunidade:

– Então, menino, você ama os livros acima de você? Hum, olhe esse exagero...

Bateu-lhe nas costas:

– Bela época da vida! Quantos anos tem?

– Vinte e um.

Tornou a sorrir.

– Nessa idade, menino, eu também era capaz de passar fome para comprar um livro... Acredite.

Batista olhou o político com uma expressão misturada de pena e de raiva. Ele continuava, mole, satisfeito de encontrar um assunto por onde derramar a sua prosa arrastada, gosmenta de pigarros crônicos.

– Acredite. Olhe, uma vez, no Recife – fiz o meu curso no Recife até o terceiro ano, depois fui para São Paulo – uma vez, no Recife, eu não tinha recebido a mesada até o dia 5 do mês. 5? É, espere... Até mais ou menos o dia 5 ou 6. Bem. Estava com 20$000 no bolso. Ora,

26

chegou a mim um colega e disse: "Freitas, tenho um *Corpus juris* que te vendo barato."

Batista tomou o partido de olhar disfarçadamente os retratos das paredes. Depois, os móveis antigos da sala.

Quando voltou a fixar a sua atenção na conversa, o político terminava, dando-lhe outro tapa nas costas:

– Aí tem você, menino, como era eu na sua idade...

Um contínuo chegou e entregou-lhe um cartão: o Senador Messias pôs os óculos com pachorra e leu alto:

– "José de Sousa, Rua Dias da Cruz, 328, Meyer."

– Quem é?

– Não sei, Excelência – respondeu o contínuo.

– Como é o sujeito?

– Não posso informar a Vossa Excelência. O Claudino é que recebeu o cartão da mão dele.

– Está bem, diga que espere um momento.

E voltando-se para o estudante:

– Na sua idade é assim, nada como os livros. Como os bons livros, aliás!

Batista estava confuso. Doía-lhe a cabeça, como em virtude de uma pancada. Tinha ímpetos de matar aquela inutilidade faladora e amável, de liquidar aquela natureza coleante, misto de habilidade imperceptível e desejo ocioso de conversar. Sentiu vergonha de ter de voltar ao seu interesse, de tornar a pedir.

– Senador, minhas irmãs agora estão órfãs. Eu preciso ajudá-las. Quero trabalhar. Se não me arranjar emprego público, arranje-me alunos. Ou então um lugar no comércio.

O Senador Messias de Freitas ficou silencioso, meditando com gravidade. Segurando o queixo com a mão macia, de unhas bem tratadas, falou vagaroso:

– Seu caso é muito digno da minha atenção. Sabe que eu não esperava senão a reforma. Seu nome já está lá.

É questão de tempo, como lhe tenho dito. Entretanto, desde que a sua situação é assim, vamos agir imediatamente.

Depois de uma pausa, o Senador iluminou-se:

– Sabe que está aberto um concurso na Central do Brasil?

Batista conteve o ímpeto e respondeu com doçura:

– Tudo isso é aleatório. O concurso com certeza demora. Se o senhor puder fazer alguma coisa por mim, há de ser já. Fora disso, não adianta.

O político tornou a refletir.

– Ora... espere... espere... Sabe escrever à máquina?

– Não, senhor, mas aprendo.

– Vou falar com o Silveira, o presidente da mesa. Talvez se arranje um lugarzinho para você ali embaixo na datilografia. Talvez...Ora, é verdade! Boa idéia! Mas não sei se o Silveira poderá fazer a nomeação imediatamente. Há muitos pedidos sempre. É preciso jeito e paciência.

Deixou correr uns momentos e acrescentou, levantando-se:

– Onde é que você mora?

Batista deu a direção e ele tomou nota na carteira. Estendeu a mão:

– Muito bem, menino, espere o meu chamado.

Como a uma idéia súbita, fez um movimento vago e ofereceu baixinho:

– Se precisar de algum dinheiro, sabe que eu não sou rico mas posso ajudá-lo. Aceita?

Bem que sabia que o Senador Freitas era rico. Sabia, mesmo, da maneira por que ele enriquecera. Pensou na miséria em que estava, nos livros queridos que vendera e nos que devia vender... Houve uma luta rápida dentro dele e o escrúpulo de aceitar o dinheiro foi vencido. O Senador Messias olhava. Mas quando Batista ia dizer que sim, disse não, sem saber por quê. E agradeceu. O outro insistiu, devagar:

– Veja lá se precisa! Se precisar...

"Se precisar" humilhou-o. Pois não era evidente?

– Obrigado, ainda tenho com que passar uns dias.

Despediu-se. O velho ofereceu a casa:

– Sabe onde estamos agora, não é? Copacabana. Está no catálogo telefônico. Apareça lá para jantar.

Batista atravessou a sala do busto, depois a outra e desceu as escadas, entre os grupos... À porta ouviu uma voz familiar:

– Cavando o seu pistolão, hein?

Era Clodomiro de Sousa que ia fazer a reportagem da sessão.

* * *

O judeu do sebo tinha-se tornado o carrasco de Florêncio Batista. Levava-lhe cada dia três, quatro volumes.

Não havia outro recurso. E era como se fosse perdendo o sangue por uma artéria golpeada.

Tentou o *Diário do Rio*. Foi lá uma noite. Clodomiro, na ausência do secretário, que fora jantar, fazia um comício no meio da sala, entre os risos e as pilhérias dos outros rapazes, espalhados pelas mesas.

– Sempre fui contra! O Presidente da República é o maior inimigo do país!

– Deixa de ser besta, Clodomiro!

– Besta é você. De que é que você entende? Um repórter muito vagabundo.

Risos de novo.

– E você que é?

Um rapaz, que devia estar a substituir o secretário, porque era o único que trabalhava ali para manter a autoridade, ordenou:

– Vá, rapaziada, vamos fazer qualquer coisa. Seu Gomes, estou vendo na sua mesa dois envelopes da Americana e outro da Havas. Ponha título nesses telegramas, que da oficina estão pedindo matéria.

Então Clodomiro, que o outro interrompera, viu Batista à porta da sala, esperando, como se se esquivasse.

– Grande homem! Chegue-se para mais perto! A casa é nossa!

Apertaram-se as mãos. Batista explicou, a um canto da sacada do jornal, para onde Clodomiro o arrastara:

– Eu queria um lugar mesmo ínfimo. Tudo que me vier agora me serve.

Clodomiro afetou importância:

– Meu querido, é o diabo! Ainda se você praticasse um tempo, de graça... Talvez fosse melhor. É como quase todos começam.

Batista achou aquilo uma solução.

– No fim de um mês pode ganhar, perfeitamente. Ainda assim, é difícil. Olhe aí...

E apontava a sala:

– Está vendo? Tudo isso é pessoal. Ainda há mais, há duas vezes mais. É gente de pagode, seu menino.

Um senhor respeitável, de bigode grisalho, óculos de tartaruga, entrava, chapéu na cabeça. Fez-se um silêncio religioso na redação. Sentou-se à mesa grande do fundo, coberta de livros e papéis. Pôs o chapéu em cima da mesa, pendurou o paletó na parede e sentou-se. Clodomiro foi a ele:

– Boa-noite, seu Nunes.

– Boa-noite – fez o outro molemente, o olhar já percorrendo os títulos enormes de uma notícia.

Clodomiro pôs-se a conversar baixo com o secretário, apontando furtivamente Batista. Ao fim de um certo tempo o secretário, que continuava a percorrer tiras com os olhos distraídos e enjoados, voltou-se para a sacada, fixando o estudante com indiferença. Os olhos voltaram aos papéis da mesa, de novo. Batista sentia uma emoção angustiosa.

Clodomiro fez-lhe o gesto de que se aproximasse.

– Florêncio Batista, acadêmico de Direito, que deseja ingressar no jornalismo.

Batista sorriu, tímido. O secretário esforçou-se por fazer uma fisionomia amável, mas evidentemente estava preocupado com outra coisa... Perguntou-lhe:

– O senhor nunca trabalhou em jornal nenhum?

De repente, teve uma idéia:

– Nem mesmo em Goiás?

E pôs-se a rir. Batista ouviu então a surdina de um riso em coro. Olhou: toda a redação ria, acompanhando o secretário. Informou, sem compreender:

– Não, senhor, nem em Goiás.

O secretário desta vez deixou sair o riso à vontade. E, apoiando o cotovelo na mesa, limpou os olhos por baixo dos óculos. A redação parecia rejubilar com o bom humor do chefe, como se aquele riso afastasse um perigo.

De repente, Nunes cessou de rir e deu na mesa um soco:

– Seu Gomes! Venha cá!

Ninguém se perturbou, como se, mesmo inesperada, a coisa fosse habitual.

Gomes levantou-se de sua mesa e veio, em mangas de camisa, magrinho, pastinha repartida em dois, a reluzir. Quando chegou perto, o secretário bufou, pondo-lhe umas tiras diante do nariz:

– Que título é este?

Gomes gaguejou.

– Não gagueje! Vamos!

– Mas o senhor outro dia...

Clodomiro sussurrou ao ouvido de Batista:

– Não estranhe, ele é assim, de repentes, mas tem um coração ótimo.

Com os óculos faiscando, a puxar os bigodes grisalhos, uma ponta e outra, nervoso, o secretário do *Diário do Rio* concluiu:

– Seja esta a última vez!

Um silêncio acompanhou Gomes, que voltava à sua mesa humilhado.

Mas um riso seco e sacudido tiniu de novo na sala e logo, com a voz entrecortada, Nunes acrescentou:

– Adorável Gomes das pastinhas luzidias! O que ele sabe é repartir aquele cabelinho no meio, com um cuidado impecável.

De novo a redação riu em coro.

Então, esquecendo já completamente o caso, perguntou:

– Não me telefonaram?

Clodomiro adiantou-se, blandicioso e sutil:

– Há coisa de uma hora, aquela voz... Fui eu que atendi... Disse que telefonasse depois...

O secretário teve uma expressão de prazer na fisionomia. Mexeu noutros papéis. Depois, olhando Batista, que se sentara ali perto caladamente, exclamou:

– É verdade, aqui o amigo...

Abriu a gaveta e ofereceu-lhe um charuto. Batista aceitou por timidez, porque não fumava.

Nunes voltou-se para ele, num interesse repentino, afetuoso:

– Pois é, jovem, a redação está cheia. Pode ser que se dê uma vaga. Vá aparecendo. Assim, pratica um bocado. Isso sem prática não vai.

Batista despediu-se. Clodomiro disse-lhe no ouvido, à porta:

– Não é? Um tipo excelente. Você apareça sempre à tarde. Está aqui, está dentro.

Ao descer a escada, Batista parou um momento para ajeitar o chapéu na cabeça. Então ouviu a voz do chefe, súbita, estalar.

– Ora, seu Clodomiro! Então o suelto que eu lhe pedi sobre o empréstimo da Prefeitura é defendendo o Prefeito? O senhor está ficando inteiramente idiota depois que cavou o emprego na Inspetoria de Portos!

* * *

Quando Batista, na manhã seguinte, olhou pela janela, através da chuva, a paisagem familiar do morro, das pedreiras daquele fim de rua que se alargava numa praça rústica, cercada de casas pobres, sentiu um desânimo doloroso. A chuva punha-lhe os nervos doentes. Sempre que chovia gostava de ficar em casa, entre os livros.

Mas naquela manhã tinha de sair, por força. Estava sem dinheiro, devia dar aula aos pequenos, depois à tarde ir à redação do *Diário do Rio*.

Olhou os livros então. Já ali faltavam muitos. Vendera toda uma prateleira da estante. E aquela ausência era como, numa mesa de família, o lugar vago de uma pessoa que partiu para sempre.

Quase todos os dias aparecia no sebo. O mulato velho pegava com o mesmo gesto de rapina os volumes, lia-lhes o título e folheava-os por debaixo dos óculos, examinando-lhes o estado de conservação, avaliando-os... Com a mesma voz metálica, interrompendo-se a cada instante para gritar com o caixeirinho palerma, dizia um preço vil, distraidamente. Batista insistia às vezes por um aumento, humilhando-se. Uma vez, ingenuamente, tivera um assomo:

– Mas o senhor não vê que é um pouco de gênio que lhe estou vendendo?

O velho rira, puxando o cavanhaque cinzento, abrangendo a sala estreita com o gesto da mão ossuda estendida:

– Olhe, está aí... Tudo isso é gênio, moço.

De outra vez o livreiro dissera ao estudante:

– Por que não traz uma boa quantidade? Está agora a pingar os livros aos dois e aos três! Se quer vender, venda logo tudo duma vez. Traga, que fechamos negócio.

E ainda naquela manhã de chuva era preciso voltar ali. Já vendera alguns volumes noutros sebos, pela Rua da Constituição e General Câmara. Era a mesma tristeza do sacrifício... Não valia a pena dar uma caminhada até lá. O seu morcego tinha que ser aquele velho mulato de barrete, sujo e neurastênico, com os óculos baços na ponta do nariz bicudo.

Desceu as escadas com um grande embrulho. Desta vez levava mais livros do que de costume. Eram quinze. Precisava de um dinheiro maior. O seu chapéu era uma ignomínia. Tinha de mandar lavá-lo. Sentia os olhos dos discípulos, quando se despedia, fixos na palha encardida.

Ao chegar à porta da rua, onde crianças em algazarra patinhavam em poças de água, o carteiro vinha justamente entrando. Viu-lhe nas mãos uma carta tarjada de preto. Teve uma súbita saudade da terra, da família... porque era carta da família, com certeza.

– Carta para Florêncio Batista? Sou eu.

Depôs o embrulho no último degrau da escada. A letra do envelope era da irmã menor.

Ela contava-lhe a vida de pobreza que estavam levando em Goiás. As coisas estavam tão caras! A tia trabalhava sempre e as moças ajudavam-na. Mas o dinheiro da casa alugada já não recebiam há dois meses. Estavam passando dificuldades que nem valia a pena contar. O namorado da Laura andava meio assim com ela. O da Cristina ainda não tinha sido nomeado para o Telégrafo.

De modo que ainda por muito tempo as três tinham que pesar nas costas da titia, que trabalhava tanto...

Batista parara nesse ponto da carta. Tinha a garganta encaroçada num soluço. Agarrou o embrulho e subiu de novo as escadas. Entrou no quarto. As pedreiras, por onde a água do morro escorria, brilhavam no fundo do quadro chuvoso. Em cima, entre as casinhas, a vegetação tinha um verde contente de rega. Uma carroça atravessou a praça, arrastadamente, aos gritos de "Eia!", "Eia!", do carroceiro exasperado.

Então, caiu sobre a cama, de borco. Esteve assim um tempo largo, sem poder chorar, com aquele soluço a sufocá-lo, maior que a garganta.

Por fim, timidamente, pôs a carta de novo diante dos olhos, para continuar. Batia no teto o golpezinho monótono e regular de uma goteira. Fora, a chuvarada chiava.

A irmãzinha, com uma inocência torturante, contava pormenores. Laura precisava de calçado e Cristina também. Por ela, Luísa, não. Pouco se importava. Não gostava de sair. Mas as outras precisavam de pagar as visitas da morte do pai. Além disso, embora luto não fosse uma coisa muito cara, e as roupas se fizessem em casa, sempre era despesa. Pedia-lhe então que, se fosse possível, mandasse um pouco de dinheiro. Não precisava ser muito. Ela sabia que Florêncio não tinha recursos, apesar de em Catalão haver corrido o boato de que ele estava bem empregado... Se era verdade, que fizesse um pouco de sacrifício. E mais ainda: embora não lhe quisesse ser pesada, pedia-lhe, para ela, pessoalmente, uns livros de estudo. Florêncio sabia: ela continuava com o sonho de ser professora e estudava aos poucos, em casa mesmo, sem mestre. "E lembranças da titia, da Laura, da Cristina, e um beijo da sua irmãzinha afetuosa..."

O soluço forçou-lhe a garganta e outros vieram após, a sacudi-lo. Ah! que consolo! Agora chorava forte, com o pungente prazer do desafogo, cobrindo o rosto com o travesseiro. A saudade da irmãzinha boa, das outras duas, da titia incansável, das coisas do lar, dava-lhe uma dor longa de ferida machucada. E chorava, ensurdecendo-se... A chuva parecia-lhe distante.

Aliviado na sua mágoa, Batista levantou-se da cama num repelão. Mandaria dinheiro às irmãs. Roubaria.

Teve, súbito, uma idéia: se pedisse ao Senador Freitas?

Sentou-se à mesa. Começou uma carta: "Meu..." Hesitou no adjetivo. Pegou do papel, amarrotou-o, depois picou-o, num arrependimento vibrante. Levantou-se, jogou os pedacinhos pela janela. E era como se caísse neve sobre a lama da praça.

Passeou a passos largos pelo quarto. Do compartimento ao lado uma voz de mulher chegou, clara:

– Não mexa aí, seu peste!

Uma criança esperneou sobre o assoalho, com um rumor de tambores ao longe.

Achou-se diante dos livros. Então, luminosa, súbita, achou a salvação: venderia todos, todos aqueles livros... Ficou surpreso de não sentir dor nenhuma com aquilo. Antes, uma ânsia frenética, meio selvagem, ardia nele, dava-lhe ímpetos. Pôs o chapéu na cabeça, desceu as escadas às pressas. Ali a dois passos da porta estava um carrinho de mão vazio, parado. O carregador entrara num botequim. Foi buscá-lo. Pediu-lhe que arranjasse um oleado para proteger os livros.

E subiu de novo para o quarto. Pôs-se a empilhar os livros na cama, pelo chão, com uma febre de atividade. O carregador chegou:

– Posso ir levando? Então com licença.

Saiu a primeira pilha, depois outra. Dois meninos apareceram, curiosos:

– Quer que eu ajude?

O zelador do cortiço veio indagar, amável:

– É mudança?

– Não, senhor. Apenas estes livros – respondeu de mau humor.

Lá embaixo, na rua, os livros iam sendo amontoados sob o oleado. Apressou o carregador. E ficou à janela esperando o fim.

Depois, partiu primeiro que o homem, com a sensação de ir à frente de um enterro.

Quando o carrinho parou na calçada do sebo, o mulato velho estava à porta. Olhou aquilo com estranheza.

– São os seus livros?

– Sim, senhor.

– Ah!

Entraram. Eram mais de trezentos volumes, que atravancavam o balcão, como uma muralha. O velho queixava-se, procurando arrumá-los:

– O pequeno saiu já faz uma hora para almoçar e até agora! É um horror. Qualquer dia ponho esse idiota pela porta afora. Não me adianta nada!

E endireitando os óculos no nariz, apelando para o testemunho do estudante:

– Nada deste mundo! Não me adianta nada! O senhor vê.

Batista teve pena do menino. Esperava-o, decerto, a tormenta habitual dos insultos. E odiou mais o velho.

Ele percorria já os volumes, a examinar um por um. Deteve-se para perguntar:

– Qual é a sua oferta?

– Não tenho oferta.

O livreiro continuou em silêncio. De vez em quando comentava, espichando o pescoço sobre os montões de livros para espiar a rua:

– E esse pamonha do diabo que não chega!

Batista estava do lado interior do balcão, junto do livreiro. Queimava de impaciência. Não lhe saía do pensamento a miséria da família. Aquelas linhas da irmã, "corre o boato de que você arranjou um bom emprego...", magoavam-no mais do que tudo. Nem por um momento pensassem que era mau irmão. Ah! mesmo no Rio, na miséria, era vítima das intriguinhas de Catalão, da maldade provinciana, da inveja...

– Que trabalhinho, hein, moço?

O velho casquinou uma risota e continuou na avaliação. Tornou:

– Mas o senhor... não tem assim... um limite... não sabe a quantia, assim a olho, que podia pedir...?

– Não sei nada – respondeu Batista virando-lhe as costas.

Na rua rolavam bondes, autos, carroças... A chuva caía, torrencial. Pela calçada, surgindo súbitos e desaparecendo na porta da livraria, vultos passavam às pressas.

Batista sentiu o sangue cada vez correr-lhe mais rápido. O cuidado minucioso do velho judeu era um suplício para ele. Afogueava-lhe a cabeça um calor desesperante. Desejaria sair, expor o rosto àquela chuva, respirar largo para o alto. O velho acabou de avaliar tudo, com um relance de olhos pelo que ainda faltava.

– Bem... Isso aí eu já vejo mais ou menos. Brochuras... Bem... Umas pelas outras... Bem...

Ergueu a cabeça num movimento súbito, como terminando o cálculo. O barrete caiu-lhe para um lado e ajeitou-o, cobrindo de novo a calva escura, que reluzira. Olhou em seguida o estudante, fez no ar uns rabiscos, concluindo:

– Vou fechar um negócio que não seria capaz de fechar com outro. Erga as mãos para o céu, hein?

E sorriu, benévolo. Puxou o cordão de chaves, abriu a gaveta: havia níqueis espalhados no fundo e um maço de notas, sob uma pedra amarela, dentro de uma caixa de charutos sem tampa. Tirou cuidadosamente a pedra para um lado e principiou a contar umas notas de cinco mil réis.

– Vou dar-lhe quarenta mil réis, moço. É por ser para o senhor.

Batista sentiu estalar-lhe a cabeça e uma nuvem cegá-lo. Um tremor de ódio agitou-o. O velho, curvo, contava as notas, molhando amiúde o indicador na língua pastosa.

– Vá... Vá contente...

Batista assistiu então a uma coisa independente da própria vontade, uma coisa que era aterradoramente mais forte que a própria vontade: suas mãos crispadas agarraram o pescoço do velho, que deu um arranco inútil. As mãos apertaram mais e era cômico o esforço do judeu. O barrete caíra-lhe. Batista teve perto do nariz aquela cabeça lisa, escura, reluzente, com uma orla de cabelo crespo e grisalho de uma orelha a outra. Continuava apertando, subitamente calmo, espantado do seu gesto. Estaria matando o judeu? Devia largá-lo? E se o largasse? Ele não gritaria, não chamaria a polícia, não o levaria à cadeia? Se o largasse e fugisse? Mas o velho iria denunciá-lo. Dava no mesmo. Ah! por que fizera aquilo? E, pensando tudo isso, apertava mais, enquanto as mãos do outro agarravam as suas. Então manteve desesperadamente o arrocho. Ficou algum tempo assim, sustentando. Pensou no fim da carta da irmãzinha: "você sabe o meu sonho de ser professora..." Sorriu com amor, com doçura. Sua imaginação divagava, esquecida. O velho fraquejou nas pernas e ele foi despertado por aquele peso que arreava. Teve um amargor vago, um nojo de tudo, um nojo daquele corpo, daquela cabeça... Deitou o judeu no chão, com cuidado, e só então viu de frente o velho: tinha a língua de fora, os olhos esbugalhados. Arrepiou-se. Súbito, pensou na polícia, na cadeia, na vergonha das irmãs... "O irmão delas matou um homem no Rio de Janeiro. Está cumprindo pena."

E agora, para onde iria? Céus, que fizera?

Olhou a rua. A todo instante passavam vultos. Uma menina entrou na livraria, aos saltos, molhadinha de chuva:

— Tem lápis de cor?

Batista tremeu, conteve a emoção.

— Acabou-se já.

E sentia o cadáver nos pés. Ela saiu a correr:

— Então, até logo.

Batista ficou um momento idiotizado. Acudiu-lhe repentinamente a idéia de Goiás: ninguém tinha visto, fugiria...

Baixou os olhos e ali estava a gaveta aberta, com o dinheiro do velho. E era muito dinheiro...

Então, um pouco trêmulo, contou: cinco, dez, vinte, quarenta... Hesitou... Depois, refletindo um instante, meteu os seus quarenta mil réis no bolso, fechou a gaveta. Pôs o chapéu na cabeça, levantou a gola do paletó e saiu para a chuva.

A AMIGUINHA TERESA

– Está errado! – exclamou o Sr. Soares com aquela sua grossa voz autoritária. – Escreva outra carta. São quinhentos fardos e não quatrocentos. Onde é que o senhor foi descobrir esses quatrocentos?

Paulino tomou o papel que o patrão lhe estendia e sentou-se à máquina de escrever. Começou a tantanar.

Era um rapaz de vinte anos a quem a gravidade silenciosa da fisionomia dava um ar mais velho, um ar de adolescência falha. Viera do Norte havia pouco. Vivia só no Rio. Ninguém lhe conhecia família nem relações. Sabia-se apenas que aparecera no escritório certa manhã, dois meses antes, com uma carta para o Sr. Soares. E que no fim do primeiro mês enviara quase todo o dinheiro para a sua terra anônima.

Desde logo ficara trabalhando no escritório do patrão, assim como uma espécie de secretário ao qual não se dá maior importância que a um criado. Chegava sempre às oito horas, não se demorava no almoço mais que os quarenta minutos que o Sr. Soares lhe concedia, e não largava o escritório à tarde, senão depois que o patrão, ou o gerente, lho dissesse. O Sr. Soares, não raro, prendia-o até tarde da noite. E, durante o dia todo, Paulino ficava ali, calado, na sala do chefe, a fazer o que este lhe mandava,

41

que era sempre a correspondência da casa, mais uns recados fora, quando o menino dos recados não vinha.

O Sr. Soares era um homem alto, corpulento, rude, falando a todos com um vinco forte entre as sobrancelhas e um calor de zanga permanente. Queria que todos fossem breves. Não gostava de ninguém senão da filha.

Teresa tinha dezoito anos. As crônicas mundanas falavam dela com adjetivos líricos. Ia às reuniões, ao *footing*, aos chás, aos bailes. "*Mlle*. Teresa Soares, com os seus grandes olhos pretos, e a sua linda e fresca pele morena, as suas mãos perfeitas, os seus gestos rítmicos, o vulto *élancé* entre todos adorável.!! E era realmente assim.

Teresa ia duas e mais vezes na semana ao escritório do pai, pelas cinco horas da tarde, de passagem para o seu chá. Ao encontrar pela primeira vez Paulino – o Sr. Soares saíra para mostrar a sua fábrica da Tijuca a uns amigos –, ficara confusa. Mas como a confusão de Paulino ainda fora maior, principalmente porque ela o pilhara a ler um livro às escondidas, recobrou logo o seu desembaraço:

– O senhor é o novo empregado de papai?

– Sou o novo empregado do Sr. Soares, sim, senhora.

– Filho da viúva de um amigo dele, não é?

– Sim, senhora.

– Paulino... Paulino de quê?

– Da Costa.

– Mas eu já o conhecia do Rio... Sua fisionomia não me é estranha.

– Talvez se engane. Estou no Rio há cinco dias e nesta casa há três.

– Ah! em que cidade nasceu?

– Não nasci na cidade... Nasci no sertão, no sertão do Pará.

Teresa sorriu com uma piedade mansa por aquele pobre destino que viera ao mundo num lugarejo qualquer do Pará. Lembrou-se do livro que Paulino estava a ler. Pediu-o.

– O senhor gosta muito de ler? – perguntou ao pegar o volume.

Paulino teve um sorriso que dizia, melancolicamente: "Se é da única coisa que eu gosto!"

– *Eugénie Grandet...* Ora veja! O senhor aprecia Balzac ou... ou... lê por ler?

Paulino repetiu o sorriso, com mais melancolia.

Deram cinco horas e ela despediu-se rápida, apertando a mão de Paulino com uma simpatia que o comoveu.

Teresa passou a ir com mais freqüência ao escritório. Quando o pai estava, dizia um "boa-tarde" distraído ao rapaz e ia beijar, com certa coqueteria amorosa e inocente, a testa enrugada e pensativa do pai.

O Sr. Soares ficava intimamente satisfeito com a aparição da filha, apesar de sentir, vagamente, que aquela atmosfera de negócios e cálculos a profanava um bocado, não sabia por quê. Por isso ficava mais satisfeito ainda quando ela saía, trêfega, deixando nele uma ternura de fera dócil.

Os empregados da casa chamavam-na, entre si, "o sorriso". Antes de chegar ao compartimento do pai, com a sua porta de vidro opaco e as letras transparentes a indicarem "Diretor", Teresa tinha que atravessar uma sala grande, com caixeiros suarentos debruçados em livros ou pacotes de amostras e um longo corredor ladeado de sacos, fardos, caixotes em pilha. Ela sorria a todos, discretamente, cumprimentando-os, e desaparecia, grácil, no escritório ao fundo. Em voz baixa os empregados comentavam:

– "O sorriso" está hoje mais bonito.

Ou então, os mais atrevidos:

– Vou pedir "o sorriso" em casamento e fico instalado na vida.

Ao cabo de quinze dias, Paulino tinha uma intimidade meiga com Teresa. Às ocultas do Sr. Soares, emprestavam-se livros. Mesmo na frente dele, quando Paulino estava ocioso, conversavam sobre coisas amáveis.

– Formoso dia!

– De manhã, ao vir para o escritório, vim sentindo uma carícia no ar.

– O mar, agora à tarde, deu-me o desejo de ser assim uma vela abandonada... Imagine!

– Imagino, sim, o prazer das gaivotas...

Ria. O Sr. Soares, ocupado em escrever, despertava com o riso, chamava a filha para perto sob um pretexto qualquer. A sala era estreita, com escrivaninhas a atulhá-la e armários atopetados de livros enormes. A janela dava para os fundos de um grupo de sobrados velhos, sobre os quais azulava um pedaço de céu.

Sr. Soares não gostava daquelas conversas. Compreendera, porém, que eram agradáveis à filha e deixava. O que acontecia é que, sempre que encontrava uma razão mais ou menos suficiente, chamava Teresa, ou pedia-lhe que fosse embora para não o perturbar, ou saíam os dois. Amiúde, na presença dela, repreendia Paulino, instintivamente:

– Você não me entregou a carta para o correspondente de Manaus. É muito boa! Que é que fez o dia inteiro?

Paulino ia-lhe à secretária, procurava, mostrava a carta com a mão estendida.

– Está bem! Não tinha visto.

Já Teresa, sem que pusesse nisso uma intenção consciente, preferia agora, para ir lá, os momentos em que o pai não estivesse. De ordinário telefonava antes. Mas Paulino achava a moça cruel por aquele hábito de dizer às vezes uma pequena ironia e ficar olhando fixo, a sorrir, a ver o efeito. Outras vezes ele a sentia piedosa. Era uma humilhação insuportável. Ela contava-lhe as reuniões da véspera, o que vira, o que lhe haviam dito, as homenagens sem fim... Escondia nessas narrações uma ponta feminina de perversidade. Tinha, para requintar o tormento sutil, pitorescos de frases, vivos de estilo, inflexões coloridas. "No último baile da Legação de Cuba – encantador, aquele Ministro Viera! – tive uma deliciosa surpresa..." Paulino da Costa parecia mais humilde ainda, escutando-a. Como que o coração lhe murchava. E era um sofrimento doce, penetrante, indefinível, esse de ouvi-la e olhar-lhe o busto que braços de homem haviam apertado na cadência propícia dos *ragtimes*. No entanto, sabia bem que era o seu único amigo no Rio, aquela amiguinha Teresa.

– Se o senhor saísse daqui, onde é que ia empregar-se?

– Eu? Em lugar nenhum. Estou arrependido de ter vindo, sabe?

Havia dias em que o Sr. Soares o tratava melhor, sem aquelas exclamações de impaciência e os ronrons de ameaça furtiva. E o rapaz sentia nisso a influência da amiguinha, uma recomendação feita à hora da mesa, ou num intervalo de espetáculo, a propósito de negócios...

Uma tarde o patrão lhe disse:

– Preciso do senhor hoje à noite em casa. Oito e meia. Vamos escrever um relatório.

Teresa estava presente e teve uma idéia:

– Papai, ele pode ir às sete e janta conosco.

Sr. Soares olhou a filha e baixou a cabeça, com pudor, como se alguém o surpreendesse furtando ao jogo.

– Está bem.

Paulino quis esquivar-se: "Sentia muito. Mas justamente naquele dia necessitava estar às sete na cidade..."

– Ora, o senhor não encontra uma desculpa um pouquinho melhor do que essa? Veja... Lá em casa não há a menor cerimônia.

45

Na sala de jantar da casa do Sr. Soares, Paulino sentiu durante todo o tempo um constrangimento forte, opressor. Não que o ofuscassem os brilhos da opulência e aquela atmosfera luxuosa de paraíso doméstico. Mas sentia a todo instante sobre ele os olhos cinzentos e frios de D. Noêmia, em cuja reserva lia bem: "Que é que vieste fazer aqui? Não vês que não é o teu lugar?" Estavam à mesa outras relações da casa. Entre elas um rapaz de monóculo, cara pálida e um fio preto de bigode, muito mesuroso com a sua amiguinha. Arrependeu-se de ter aceito o convite...

À uma da madrugada, quando deixou o gabinete do patrão, fatigado do tantaneio contínuo da máquina e de tudo o que dolorosamente pensara enquanto escrevia, automático, Paulino viu-se no jardim de Teresa, onde ela deveria passear à tarde, aos risos, com os rapazes íntimos da casa, com aquele de monóculo, ágeis, fáceis, com maneiras civilizadas e hábitos de esporte. Fazia luar, um luar abandonado. No palacete silencioso, apenas na janela fechada do gabinete fulgurava um raiozinho de luz, que logo se apagou. Vinha dos canteiros uma exalação entontecedora de jasmins. Lembrou-se mais ou menos de uns versos de Luís Delfino:

Ela andou por aqui ... Andou. Primeiro, porque há sinais de suas mãos... Segundo, porque ninguém como ela tem no mundo este esquisito, este suave cheiro.

E viu-se fora do portão. Foi descendo a rua calado, com um último olhar para a casa adormecida.

Ao despertar, naquela manhã, sentiu-se contrariado à idéia de voltar ao escritório, à vida costumeira, à tortura... Lá estaria o Sr. Soares com a sua corpulência e a sua ruga permanente entre as sobrancelhas. À tarde apareceria Teresa, por quinze minutos, a palrar sobre os romances de Balzac, um pouco por ostentação de gosto educado. E a olhá-lo com um olhar de amizade humilhante, humilhante...

O dia estava claro e quente. A irradiação luminosa do verão parecia tornar maior e mais irremediável a sua dor. Então tomou uma resolução. Que lhe importava fosse uma resolução romântica?

"D. Teresa. Eu lhe agradeço a bondade e o sonho que a senhora espalhou na minha vida pobre. Volto... Para a senhora, que representa a minha ausência? Ah! nada. Virá outro para o meu lugar no escritório e a senhora há de ser boa e sorrir-lhe; há de ser boa e conversar sobre livros com ele; há de ser boa e contar-lhe os seus triunfos mundanos; há de ser boa e fazê-lo sonhar, sofrer... Quero, porém, que continue a ser, na minha memória, a deliciosa, a terna, a comovente, a impossível amiga, a amiguinha Teresa..."

Quando Teresa, no dia imediato, correu à pensão onde Paulino morava, a proprietária, uma velhota viúva que tinha no queixo uma verruga escandalosa, explicou:

– Seu Costa embarcou ontem para o Norte.

Então Teresa levou a mão aos olhos escondendo as lágrimas e murmurou, num suspiro fundo:

– Foi melhor assim...

Enquanto a velhota concluía, franzindo a testa com pena:

– Era um bom pensionista.

A DENÚNCIA DO SANGUE

Em minha viagem de há pouco à Bahia, monótona e enervante viagem a bordo de um vaporzinho intolerável, tive até Vitória a companhia sempre cara do Carlos Passos, um médico ainda jovem mas de nome já brilhante. Carlos Passos foi meu companheiro de infância, de ginásio e depois de casa, no Rio.

Durante os últimos anos de nosso curso – o meu de Direito, o dele de Medicina – moramos no mesmo sobradão da Rua das Laranjeiras, lá no fim, onde a viúva de um Coronel Gomes tem a sua sossegada "pensão para famílias e cavalheiros".

Há quase vinte anos, portanto, dou-me com o Carlos. Ninguém o conhece melhor do que eu. Quer dizer: não há maior pregoeiro do seu caráter, do seu talento e da sua bondade. Depois de formados, separamo-nos. Eu caí na tolice de ser juiz em Mato Grosso e ele ficou pelo Rio, no que fez muito bem. Dois anos depois de minha partida, recebi a notícia de que ele fora convidado para assistente do Dr. Soeiro, o grande especialista de sífilis, assombrosamente enriquecido com a clínica. Ali estava o futuro do Carlos assegurado. Ao lado de uma celebridade como o Dr. Soeiro, só podia vencer. E com aquela vocação científica!

Disse que desde a infância nos conhecemos. É fato. E desde a infância nos estimamos. É um rapaz encantador. Apenas nunca lhe perdoei uma coisa: a repugnância pela boemia. Carlos levou sempre essa repugnância ao extremo... É incrível: com uma saúde admirável, um organismo perfeito, foi sempre metido com os livros e nada mais... Nem mesmo aos sábados, quando os rapazes mais comportados do nosso grupo se permitiam o excesso de um cabaré, Carlos não consentiu nunca em acompanhar-nos. Mas por que tanto rigor? Por uma razão um pouco ridícula: Carlos tinha pavor da sífilis. A simples hipótese de uma noite com uma mulher da rua dava-lhe aflição. Ele via logo, em desfile diante da imaginação, as conseqüências da sífilis que pudesse contrair: a cegueira, a tabes... Por isso, Carlos Passos, aquele latagão que é um dos mais belos exemplares humanos de Minas, conservou-se quase casto até o quarto ano... Foi aí que entrou em intimidades com uma mocinha pobre, do Meyer, a respeito de cuja excelência de saúde ele estava absolutamente certo, graças a exames repetidos que muito a deviam ter aborrecido. Então, de dois em dois domingos fazia uma toalete mais apurada e saía assobiando o *Conde de Luxemburgo*.

Eu caçoava:

– Lá vai o inspetor sanitário do Meyer!

Agora, ao voltar ao Rio, depois de seis anos de ausência, para tratar de uma herança na Bahia, não tive tempo de ver amigo nenhum. O vapor partia no mesmo dia da minha chegada. Que estupenda surpresa não foi, portanto, encontrar a bordo o Carlos Passos! Não mudou nada. Simplesmente, está com o ar um pouco mais severo, mais preocupado, como convém a um nome brilhante na Medicina. Abri-lhe os braços com uma alegria profunda e ele ficou um momento na dúvida:

– O Benjamim Pereira?

Eu não dizia nada, os braços abertos, comovido, à espera...

– O Benjamim Pereira? – tornou ele com o seu vago modo tímido.

Então lembrei-me: eu estava de bigodes e por isso Carlos hesitava. Exclamei:

– Eu mesmo, meu inspetor sanitário do Meyer!

Carlos caiu no meu peito. Caiu quase chorando, numa comoção maior que a minha.

– Benjamim! Benjamim do meu amor! O meu Benjamim que queria casar com a filha da viúva Gomes e ficar dono da pensão!

O vapor partia. Vinham do cais vozes de adeus. Fomos para o bar. Contamos em poucas palavras a nossa vida: eu, ainda juiz em Mato Grosso, agora a caminho de uma herança à toa, que era mais a trabalheira da viagem do que mesmo dinheiro; ele com uma clientela enorme no Rio. Ia até Vitória buscar... Aí sorriu: buscar aquela mocinha do Meyer.

Fiquei estatelado, idiota.

– Quê? Continuas? Então continuam com aquela pilhéria?

Como pilhéria? Apenas a sua comodidade, a sua saúde, a sua segurança... A moça fora passar um mês em Vitória, em visita a uma avó. Ele ia buscá-la. Eram muito amigos. Tinha-a instalado numa casinha em Paula Matos. Portanto, eu podia agora chamá-lo: inspetor sanitário de Paula Matos...

Fiquei olhando Carlos Passos com uma forte inveja da sua estabilidade de nervos. Que rapaz excepcional! Por isso gozava daquele ar de atleta, daquelas cores, daquela expressão de calma.

– Mas se tens esse temperamento caseiro, tímido, com o teu horror a uma porção de coisas inevitáveis que estragam a humanidade, por que não te casas?

Não tinha jeito de procurar uma moça. Nem jeito, nem tempo. Não cultivava relações. Repartia as horas entre o estudo e a clientela. E as moças que ele conhecia do seu consultório de especialista em moléstias do sangue não convinham...

– Aliás, afianço-te que me sinto perfeitamente bem como estou. A Aurora é uma rapariga acomodada, discreta, sóbria. Não me aborrece. Vou jantar quase todos os dias com ela. Quando não tenho nenhum trabalho urgente, passo a noite lá. Digo-te com franqueza: sinto-me às mil maravilhas, sinto-me confortável. De resto...

Aqui a sua expressão tomou aquele tom de ironia com que ele costumava atenuar o ridículo do seu pavor:

– ...é sã, como sabes, absolutamente sã... Caso raro. Era necessário que tu fosses especialista para saber como essa humanidade anda ruim. Um horror! Só lidando com ela é que se vê!

O vapor tinha já saído fora da barra há muito. Ia costeando o Estado do Rio. O mar estava calmo e a noite vinha.

Estendemo-nos em duas ótimas cadeiras preguiçosas no tombadilho. Acendi o cachimbo, ele um cigarro; ficamos a olhar o crepúsculo. Uma senhora idosa, a pouca distância de nós, fazia carantonhas de enjôo.

– Com o mar tão calmo! – comentei baixinho para Carlos Passos.

E então, na doçura do ar salgado, em pleno mar, enquanto as estrelas iam picando o azulado sujo do céu, começamos a recordar a infância, depois o ginásio, depois os anos vividos na pensão da viúva Gomes.

– Não, positivamente, tu andaste a sonhar com a posse da pensão.

– Deixa disso. Até hoje não perdeste a mania?

– Ah! e não sabes? A Lolita casou.

– Casou? – perguntei um pouco emocionado.

– Casou.

– Com quem?

– Com um farmacêutico. Tu não conheces. Vivem em Niterói. Têm já quatro filhos...

– Que horror!

– Vê de que fecundidade escapaste! E em Mato Grosso não tiveste nenhum caso?

– Sabes que sou ambicioso. A única menina interessante de lá é a filha de um ex-governador, que é milionário. Mas quando cheguei ela era noiva. Casou.

Falamos de mil coisas e principalmente do Rio, onde, à minha volta da Bahia, eu esperava fixar-me definitivamente.

– Estou farto de Mato Grosso! Se os cobres da Bahia me chegarem para algum arranjo, há de ser para a minha instalação por aqui. Vou advogar, vou lutar. Fala-me do Rio, Carlos! Mata a minha saudade!

Carlos não tinha nada que contar do Rio. O estudo, a clientela, a humanidade sofrendo com o sangue envenenado...

– E o Dr. Soeiro? Ainda não me falaste dele.

Senti Carlos estremecer. Pensei que fosse da frescura da noitinha.

– Estás com frio?

– Não.

Passaram-se uns instantes de silêncio. Com toda a simplicidade, tornei:

– Conta-me alguma coisa do Dr. Soeiro. É uma celebridade, hein? Deve ser muito interessante pessoalmente.

Em voz calma, porém com um timbre estranho, Carlos Passos respondeu apenas:

– Há três meses que trabalho só.

– Não estás mais com o Dr. Soeiro?

– Não.

– Oh! então dou-te parabéns pela clientela que dizes ter! Fizeste carreira em pouco tempo. Na Medicina não é comum.

Novos instantes de silêncio. Arrisquei:

– A separação foi em boa paz, espero.

Carlos Passos olhou-me aborrecido.

– Não lês os jornais?

– Leio, às vezes.

A noite caíra completamente. As luzes do navio, refletindo-se na água, faziam uma zona marginal de claridade em que as ondas ficavam nítidas, a destacarem-se do casco. Estávamos sós no tombadilho. Uns viajantes jogavam no bar, às gargalhadas.

Eu percebia que Carlos Passos acomodava as idéias preparando-se para uma narrativa importante. Minha curiosidade palpitava.

– Meu caro Benjamim, eu não pretendia contar-te isto, porque é doloroso...

Interrompi-o, com uma hipocrisia impecável:

– Por Deus, Carlos, não te estou obrigando! Perguntei à toa!

– Mas agora buliste na ferida e eu contarei.

E principiou a contar. Quando o Dr. Soeiro, seu professor na faculdade, o chamou para assistente, Carlos teve uma alegria extraordinária. Não só isso representava um belo avanço na vida, como lhe permitia seguir de perto o cientista admirável que tanto soubera elevar o nome do Brasil pelos seus estudos da sífilis. Em breve, uma dedicação sem par – eu devia conhecer a sua capacidade de dedicar-se – ligava-o filialmente ao mestre. Viam-se no consultório e em casa. Essa intimidade afetuosa chegou ao ponto – o Dr. Soeiro não tinha filhos – de Carlos ser considerado por ele e pela senhora como um filho. O professor devia andar pelos sessenta anos, mas D. Eulália pelos trinta e cinco.

Por isso Carlos protestava sempre, em tom amistoso, contra o tratamento de filho:

– Por quem é, a senhora não tem idade de ser minha mãe!

O que, sobretudo, o Dr. Soeiro admirava em Carlos – não era o talento, nem a aptidão, nem o caráter – era a saúde.

– És uma das raras pessoas que eu conheço no mundo que não têm o veneno... Boa raça!

Essa admiração vinha muito de um instintivo despeito, aliás. O Dr. Soeiro, o grande especialista da sífilis, era um sifilítico. Sua mulher também. Aquela frescura de D. Eulália, a sua linda pele invejável, escondiam o mal. O Dr. Soeiro sofria com isso.

Ao fim de dois anos e meio, quase três, Carlos tinha na casa do mestre uma intimidade absoluta. Já não era "como um filho": era mesmo "um filho". Visto que o Dr. Soeiro e a mulher viviam afastados da sociedade, tais relações nunca deram que falar a ninguém. Mesmo quando o mestre fazia uma pequena viagem, a Minas ou a São Paulo, Carlos ia almoçar ou jantar com D. Eulália.

Dr. Soeiro conhecia a vida do discípulo, as suas comodidades de Paula Matos, o seu pavor indizível à sífilis...

– Continua assim. A sífilis é horrível.

Uma vez, mesmo, mostrara vontade de conhecer Aurora. Foi jantar com eles. Ficou encantado com a rapariga.

– Tão boa esta menina!

– E sã, meu caro mestre...

Ora, ao fim de uns três anos, Dr. Soeiro começou a manifestar o estranho desejo de fazer um exame no sangue do assistente. Da primeira vez, Carlos tomou a coisa em ar de graça. Como o mestre insistisse, consentiu, afinal.

– Por que, mestre? Não acredita que eu tenha o sangue em bom estado?

A reação deu resultado negativo. Mas, a pretexto de que as reações falham, Dr. Soeiro tornou a pedir, tempos depois, para examiná-lo de novo.

O capricho do Dr. Soeiro, entretanto, tornou-se maçante. Toda semana repetia o pedido em ar de brincadeira. Se Carlos se esquivava, alegando que era uma tolice, Dr. Soeiro mostrava-se contrariado. Então Carlos consentia, estranhando aquilo. E o mestre no fim do exame reassumia o tom caçoísta:

– Ainda não é desta vez!

Uma noite, tendo ido, como de costume, à casa do Dr. Soeiro, D. Eulália recebeu-o nervosamente, com estas palavras:

– Fez bem em vir aqui. Precisava muito falar-lhe.

Carlos esperou que ela dissesse o que era.

– Olhe – começou D. Eulália –, o senhor deve fazer uma viagem, ficar uns tempos longe do Rio, enfim, afastar-se de Soeiro. Afastar-se aqui de casa, principalmente.

Carlos espantou-se. Quis a explicação do conselho.

Então D. Eulália, quase chorando, contou-lhe que o marido, havia dois meses, principiara com crises de ciúme, insinuando que ela amava e era amada por Carlos. Da insinuação passara à acusação em cheio, brutal. E naquela mesma noite, depois do jantar, tivera a crise mais violenta de todas. Ele afirmava estar seguro do amor da mulher pelo discípulo. Estava só à espera da prova decisiva da traição. Esta prova não consistia em apanhá-los em flagrante, nem descobrir a correspondência, nada... Ele tinha outro meio de prova, muito mais perfeito e seguro. Conhecia a mulher, conhecia Carlos. Eles o traíam. Se ainda não tinham levado a efeito a traição, isso não havia de tardar. E ele saberia. A denúncia seria dada pelo próprio sangue de Carlos...

Chegando a este ponto da narrativa, o meu querido amigo de infância parou para perguntar-me:

– Está interessante o caso?

Eu esperava o resto, de olhos fixos, todo atenção, os cabelos ao vento, no tombadilho oscilante do vapor. De baixo, do porão, vinha o rumor surdo e monótono das máquinas. E a hélice, atrás, dava a impressão de que golfões de água estivessem a se despenhar num tanque, incessantemente.

– Continue.

D. Eulália rogou-lhe por todos os santos que se afastasse de sua casa e mesmo do Rio, se fosse possível. O Dr. Soeiro era doente. Aquilo era da doença, sem dúvida... E ele o mataria, estivesse certo. Conhecia o marido. Sob aquela aparência inalterável de calma, tinha às vezes idéias fixas, manias que o levavam à prática de espantosos absurdos. Ele o mataria...

Aí Carlos não resistiu a empregar um argumento:

– Por quê? Ele nunca poderá achar a denúncia no meu sangue.

D. Eulália olhou-o meio vexada... Ele despediu-se:

– Está bem, D. Eulália. Sou-lhe infinitamente agradecido.

Ela disse mais uma vez:

– Faça o que eu lhe peço. Afaste-se. Ponha a sua vida em segurança, a sua vida que é tão preciosa...

No dia seguinte pela manhã, Carlos estava resolvido a não sair do Rio, nem a afastar-se do mestre. Continuaria trabalhando a seu lado. Apenas, se ele insistisse nos exames de sangue, se recusaria. Até que aquilo passasse. Havia de passar.

Essa atitude, certamente, não seria de pacíficos resultados para Carlos. Podia custar-lhe muito. D. Eulália tinha razão.

Mas não foi preciso nada. Nessa manhã mesmo toda a cidade soube que o Dr. Soeiro enlouquecera na rua, de madrugada. A moléstia vencera o seu grande inimigo, atacando-lhe o cérebro definitivamente.

– Morreu?

– No hospício, um mês depois. Por isso te perguntei se não lias jornais...

Havia estrelas sobre nós. Uma viagem tranqüila, doce...

– E a viúva? – indaguei com uma vivacidade cuja razão sutil o meu querido Carlos, pouco psicólogo evidentemente, não podia perceber.

– Embarcou há uma semana para a Europa. Vai passar lá o seu ano de luto fechado.

– Depois volta?

– Volta. Daqui a um ano.

O vento apagou o fósforo que Carlos riscara. Dei-lhe a brasa do meu cachimbo para que acendesse o cigarro.

– Pois bem – concluí –, então daqui a um ano deixas o cargo de inspetor sanitário de Paula Matos.

– Hein? – fez ele sem compreender.

– Além da clientela, herdarás a mulher do Dr. Soeiro, que naturalmente é milionária...

Deu um pulo na cadeira de lona:

– Que sacrilégio! Uma senhora que me trata como a um filho!

– Acredito. Mas que te ama! Apesar da doença cerebral do Dr. Soeiro, o ciúme dele, que não era homem de natureza ciumenta, devia ser baseado numa observação longa e fundamentada... Essa mulher te ama.

– Ora, que absurdo! Depois...

Fez um silêncio discreto. E, suavemente:

– Ela é doente, segundo afirmava o marido.

– Não dizes que é linda? Linda e milionária...

– Mas não tenho a certeza de que...

– Não tem importância. Demais, já é tempo de acabares com essa infantilidade do teu medo... É de um ridículo liquidante. Principalmente num especialista.

Ele sorriu:

– Tens razão.

E fomos tomar um aperitivo no bar do navio, à saúde do lindo futuro do meu querido inspetor.

A CONQUISTA

– **A**gora é a vez do Barbosa!

Então o Barbosa, que era um homem de quem não se conhecia uma só aventura, sorriu levemente e principiou a contar:

"– À tarde, naquele ponto de bondes onde a multidão se aglomera, rumorosa, a rapariga apareceu. Tinha olhos luminosos. Era empolgante. A velha que a seguia, de capa humilde, parecia uma criada. Mas era simplesmente a mãe.

"– Mamãe, chegue-se para aqui.

"A rapariga olhou todas as pessoas uma por uma. Cada olhar transmitia o mistério de um fluido. Todos a desejaram. Eu senti uma paixão delirante, súbita. Dessas paixões...

"Justamente, aqueles olhos se demoraram mais em mim: na largura de meus ombros, no comprimento de meus braços e de minhas pernas, na minha boca, nas minhas pupilas. O exame pôs-me na trama nervosa uma trepidação de luxúria violenta. A velha pareceu perceber o meu desejo enorme, agudo, e encolheu-se olhando a filha com uma proteção infinita...

"De repente a rapariga abriu caminho aos encontrões e atravessou a rua, seguida pela velha. Não me fizera nenhum sinal, mas o fulgor daqueles olhos, tanto tempo fixos em mim, era inequívoco: ela me desejava. Portanto, eu fizera uma conquista, senhores. E a segui.

"Estávamos na Rua da Assembléia. Ela foi para o lado do porto e, próximo à Rua do Carmo, entrou numa farmácia. Parei na calçada, sob uma árvore, discreto. Daí a instantes as duas saíram.

"A velha, insignificante na sua magreza decrépita, trazia no rosto uma expressão de dor costumeira e irremediável. Que sofrera ela ao pé da filha, há minutos, naquele escuro ar da farmácia, junto ao balcão de vidro? Eu não podia adivinhar o que acontecera lá dentro, mas calculei que houvera, de certo, alguma discussão rápida e terrível, dessas discussões entre mães dominadas e filhas nervosas, imperiosas, elétricas... Pareceu-me despudorado prosseguir na conquista, penetrar na intimidade turva daquelas duas pessoas que não se compreendiam, que se chocavam, que se torturavam. Num dado momento a rapariga me contaria, forçosamente, que não se dava com o gênio da mãe.

"Quando eu, com o delicado pensamento da renúncia, tratava já de esgueirar-me pela multidão, e desaparecer, senti que aqueles dois olhos me atraíam, me agarravam. Obedeci, infantil, sem resistência. Demais, a rapariga era esplêndida – vamos e venhamos. Oh! tê-la nem que fosse uma só vez! Ouvi-la junto à minha boca, toda ela quente, o corpo num frêmito!

"Acompanhei-a. Seguiu em direção ao Largo da Carioca, alta, elegante, fazendo os homens pararem para olhá-la. E o ritmo ondulante de suas formas era tão exageradamente sugestivo, que eu tinha a impressão, quase a certeza, de exalar-se dela um aroma afrodisíaco. Apressei o passo para senti-lo. Aproximei-me dela, aspirei-a bem de perto, quase a tocar-lhe o pescoço com o meu rosto.

Surpreso, senti que ela não tinha cheiro nenhum. Absolutamente nenhum. Foi como se eu constatasse que ela era muda, ou surda, ou que trazia uma perna de borracha... E o desencanto momentâneo de sabê-la inodora, de verificar-lhe aquela monstruosidade sutil, que me surpreendia sobretudo nela, tão provocante, foi para mim um mal inexprimível.

"Ao chegar à esquina da avenida, parou, tornou a olhar-me com um brilho excepcional nos olhos. A velha parou também, maquinalmente, habituada àquelas interrupções freqüentes, sem razão. A rapariga tomou logo a calçada e caminhou para os lados do mar. A evocação do panorama que nós olharíamos de lá, daquele fim da avenida, na hora encantadora da noite que chegava, deu ao meu desejo um latejo mais forte. Era como se a rapariga fosse ficar mais bela, fosse ficar nua na moldura da natureza.

"Mas ao chegar ao Teatro Municipal, dobrou à direita e foi por Evaristo da Veiga. Seguiu até os Arcos. Depois, Mem de Sá até a Praça dos Governadores e tomou por Gomes Freire. Entrando por Visconde do Rio Branco, chegou ao portão do Campo de Santana e transpôs o jardim mal iluminado, com passeantes raros pelas alamedas e vadios adormecidos pelos bancos.

"Por que a seguira eu assim, estupidamente, sem nada dizer, nem tentar? Não fora, talvez, tão estupidamente assim... Pois ela, durante aquele trajeto enorme, parara vezes sem conta e me olhara exprimindo um desejo tão forte, que eu não tinha dúvida: carregava-me para algum amável retiro.

"Mas ao entrar no Campo de Santana resolvi acabar com aquilo. Bastava! Também, eu não era nenhum parvo que fosse a pé até o Andaraí, por exemplo, por causa de uma mulher desconhecida que parecia sofrer de automatismo ambulante. E tomei a resolução cínica de dirigir-me à velha, que caminhava sempre um pouco mais atrás...

"– Diga-me uma coisa...

"Ela parou, voltou-me o rosto amarelo, rugoso, com pelancas a sobrar das maxilas.

"– Escute aqui: estou andando desde a Avenida. Então como é?

"Olhou-me muito, como se não tivesse ouvido, como se pensasse numa pessoa longínqua. Com os dedos magros e encardidos tirou-me um fiapo de linha do paletó e ficou a olhar em torno idiotamente. Então insisti:

"– Preciso saber em que isto vai dar. Estou andando há muito mais de uma hora!

"A rapariga ia já um pouco a distância, alta, direita, elegante, ondulante, sem perceber o que se passava atrás, ou possivelmente a fingi-lo.

"– Parece-me que mais do que isso é impossível fazer. A paciência também se esgota. O que é que aquela rapariga é sua? Que quer ela de mim? Aonde me leva?

"A velha estremeceu, os olhinhos fundos animaram-se por um instante, mas voltaram logo ao amortecimento. Chegou-se mais a mim, toda encolhida, agarrou-se ao meu casaco e disse com voz de choro, o rosto numa caricatura de dor:

"– Desculpe... O senhor desculpe...

"Era estranho! Estranhíssimo!

"– Não compreendo, senhora...

"– O senhor desculpe...

"E como se arrancasse uma coisa dolorosa de dentro, pôs a mão escamada no peito, apertou-o, e falou:

"– A minha filha é louca... A sua loucura dá para andar assim pela cidade a olhar os homens daquela maneira... Não tem remédio. Tenho feito tudo para que ela sare. Já vi que é mesmo impossível. Só por um milagre, dizem os médicos. Então tenho que me submeter à vontade dela: obriga-me a comprar vestidos caros e sai pela rua como uma pessoa que pode. No entanto, nós não podemos. Não imagina os meus sacrifícios! E como se eu não a acompanhar é capaz de sofrer um desastre, ou encontrar quem abuse dela, tenho que me sujeitar a este papel que o senhor vê... Está ouvindo?

"Ao redor de mim, as árvores rodavam, todo o jardim rodava. Que sofrimento longo, delicioso! E a velha concluiu, sem saber que tornava brutalmente maior a minha dor:

"– Muitos outros homens já têm feito o mesmo que o senhor, já se têm enganado. Alguns não querem aceitar a explicação que eu dou, e insistem. Mas o senhor não se zanga, não é? Desculpe, sim? Até outro dia.

"E foi-se, encolhida, insignificante, torta, apressando o passo para alcançar a rapariga que ia lá longe, quase a perder-se de vista, de certo olhando já outros homens, fascinando outros homens na sua estéril obsessão inconsciente..."

Barbosa acabou de contar e acendeu um cigarro. E no grupo dos alegres rapazes houve silêncio por um longo quarto de hora, porque a todos já sucedera acompanhar aquela rapariga, sem que nenhum deles suspeitasse nunca da verdade.

A PONTA DO CIGARRO

I

23 de fevereiro

Marcela, minha querida

Sua carta veio alegrar-me. Imagina: chovia desde manhã. Eu passara o dia inteiro a ler *L'Uragana*, um delicioso livro de Gino Rocca, um rapaz que deve ser mau e ser belo. Já disse, o livro é delicioso. Mas não sei por que, estava enervada. Talvez mesmo por isso – e pela chuva. Eis que a campainha retine. Digo à criada: "Joana, vai ver quem bate. É estranho. Não espero visitas com essa chuva." Joana é portuguesa. Com aquele timbre adorável, aquele timbre cantante das portuguesas do Norte, disse esta coisa inteligente: "Deve ser o carteiro, minha senhora." Era o carteiro. Era a tua carta. Obrigada. Estava já sentindo uma tão grande falta de ti! Pensei que São Paulo te fizesse esquecer-me, pelo menos na primeira semana.

Pois novidades não tenho. Continuo entediada, vazia.

Mandei empapelar de vermelho a minha saleta. É uma novidade?

Li numa revista uma série de sonetos de uma poetisa sobre o seguinte programa: a rosa, o cravo, o jasmim, a camélia e o girassol. Como vês, nós, mulheres, aqui pelo

Brasil, continuamos muito mal representadas na poesia. O costume é "fazer versos sobre isto", "fazer versos sobre aquilo", exatamente como acontece com os homens... Uma lástima. Será também uma novidade?

Álvaro passa bem. Deve passar bem. Deve passar mesmo admiravelmente bem. Sai pela manhã, não vem almoçar, janta friamente, torna a sair, vem à meia-noite para dormir. Sexto mês de casamento. Lindo, não?

Tu, que fazes coleção de tipos de marido – compreenda-se: fazer coleção nesse álbum de caricaturas que é a tua adorável conversa –, tens já o Álvaro anotado. Talvez te falte, porém, este pormenor no perfil: de uma semana para cá deixou de pedir-me as coisas com bons modos. Se quer um objeto, faz um sinal com a cabeça, como que jogando o nariz para o ar. E eu que adivinhe. Se lhe aparece um leve rasgão nas meias que estendo sobre a cômoda, no quarto de vestir, vem chamar-me e mostra aquilo com uma interrogação nas sobrancelhas franzidas. Não é igualmente lindo? Lindíssimo.

Está um pouco longa esta carta. Vês, no entanto, que ela não tem o desagradável tom da lamúria. Não me queixo. Apenas conto um caso. Não quero, porém, deixar de dizer-te ainda que esta vida seca, de má vontade, foi para mim uma desilusão bem dura. Quando daqui saíste, há oito dias, está visto que o Álvaro não era diferente. Mas eu nunca me quis queixar. O que sabes dele, do nosso modo de existência, é pelos teus próprios olhos – e pelo instinto que nós temos de perceber no ambiente, como um cheiro, a falsa felicidade das outras mulheres. Do que talvez não soubesses era daquele pormenor, que eu considero da máxima importância: a abolição das pequenas delicadezas. Significativo, hein? Bastante. Pois começou nesta última semana. Que me reservará a semana vindoura?

E seis meses de matrimônio...

Não te cases, pequena.

Tua

Carlota.

II

2 de março

Marcela

Tiveste uma percepção aguda do meu estado de alma. Eu te falava da minha saleta empapelada de vermelho, dos maus poetas de ambos os sexos... Curioso! Como é que se pode sorrir com lágrimas nos olhos? Porque, não tenhas dúvidas, eu chorava mesmo. Adivinhaste. Dou-te um beijo, minha amiga. Desculpa se a paga é mesquinha. Os meus beijos não valem nada, de acordo com a cotação aqui da casa...

Os teus conselhos, Marcela, são inúteis. O que me mandas fazer, já fiz, sempre fiz. Queres uma esposa mais dedicada que eu? Sabes que dentro deste peito o coração bate há quatro anos pelo Álvaro! Ele nunca foi expansivo comigo. Mas nunca deixou de ser carinhoso. Eu esperava torná-lo melhor, mais amigo, mais íntimo, depois do casamento. Esperava. No entanto, assisto, espantada, a uma congelação diária daquele carinho de outrora. Se ele não gostava de mim, por que se casou? Não acredito que fosse pelo meu dinheiro. Ele está numa carreira de futuro. Ainda agora, soube, aliás pelos jornais, que vai entrar para a Academia de Medicina. Imagina, pelos jornais! Não me disse nada. Ora, um médico com trinta anos, fazendo parte da Academia de Medicina, tem a sua carreira mais do que feita. Portanto, não foram os meus magros cobres que o tentaram. Havia outras mais ricas que o pretendiam.

O caso do Álvaro, minha querida, é muito mais simples. És uma menina solteira, mas não nenhuma tola com os teus vinte anos mais do que sabidões... Álvaro tem amante. Se tem! Não pode ser outro o motivo. Aos seis meses de casado, qual é o homem que se porta da maneira por que ele se porta comigo? Incrível! E o pior é que deve amar essa mulher, ela deve encher-lhe o pensamento, perturbá-lo, absorvê-lo a ponto de ele fazer-me sofrer até a humilhação de indelicadezas de trato. Eis-me, pois, numa invejável situação. Amo um bonito rapaz três anos e meio. Caso-me com ele. Dentro de pouco tempo sinto que meu marido tem outra mulher. Ah! não sei o que faça! Não sei absolutamente o que faça! Segui-lo? Descobrir quem é ela e armar cenas teatrais em casa, depois da prova? De qualquer modo, minha felicidade está falhada.

Minha pobre Marcela, tão desesperada por não poderes consolar-me: minha felicidade está falhada. É horrível. A princípio a gente não crê: olha em torno, vê os objetos no lugar e não crê. Depois... olha... é isto... este inútil choro...

Carlota.

III

10 de março

Marcelinha, meu bem

Desculpa-me se sou breve. Recebi tua carta. Agradeço-te tudo, tudo, tudo. Pois pensa, meu benzinho, pensa num meio de me salvares. Em que poderás pensar, no entanto? Vinte anos, uma cabeça estouvada, uma alegria doida a encher as tuas horas... Olha, não sou mais longa porque já ouvi os passos de Álvaro que chegou.

Hoje de manhã ele me deu um beijo quando saiu. Meu coração está pulando de esperança. Talvez voltasse carinhoso. Ouço os passos dele na direção da saleta.

Dez horas da noite. Como sou infeliz! E não devia mandar-te o começo desta carta. Mas vai a título de documento. Imagina: o Álvaro veio interromper a carta, não para beijar-me, como pela manhã; não para dar-me um boa-tarde amável, para fazer-me um carinho; mas apenas para dizer-me que devia embarcar às 9 horas para São Paulo. Não me levava por tratar-se de uma viagem curta: quatro dias... Ia ver um doente.

Marcela, estou tão desolada, tão lacrimosa, tão frouxa, tão pequena, tão infeliz, que gostaria de morrer. Parece que sou um grão de areia. Se um vento me soprasse, desapareceria, dispersa... Que fazer no meio da desgraça que vai crescendo à roda de mim? Ah! por que me daria Deus esta incapacidade de reação, esta calma resignada diante do mal? Se eu fosse um pouco à Francisca Bertini... Aí seria fácil, talvez. Álvaro acabaria vencido pelo escandaloso, pelo dramático, pelo gritante das minhas atitudes. Mas Deus me deu esta desgraçada doçura de pássaro ferido...

Carlota.

IV

14 de março

Meu bem

Joana veio acordar-me com a tua carta. Eram dez horas da manhã. Eu passara a noite chorando. Estava fatigada. Já o sol entrava pela janela, filtrado pela cortina. Faltava aquele raiozinho que ele me manda sempre via São Paulo...

Vês? Estou melhor. Tua carta, chegando assim depois de um repouso prolongado, tornou risonho o meu amanhecer.

Tolinha! Julgas ter encontrado o meio de me fazeres feliz. Já estás então de posse dele? Hum! Que coisa rara?

Álvaro chega hoje à noite. Faz quatro dias que partiu. Olhei-me agora no espelho. Estou bonita. Deixa lá que a minha rival não deve levar uma vantagem muito grande sobre mim...

Beijos da tua

Carlotinha.

V

15 de março

Marcela

Álvaro não chegou ontem à noite, como devia. Telegrafou-me. Demora-se mais três dias. O "doente" piorou. Vê como a tua Carlota sofre! Manda logo o remédio – o tal "remédio tiro e queda" para o meu grande desastre... Não tenho com quem me aconselhar. Deus me livre de certas amigas que intimamente desejam ver-me infeliz! Olha, meu anjo de vinte anos, talvez seja um santo qualquer que te haja inspirado...

Dizes, entretanto, que o teu "tiro e queda" pode ferir a minha sensibilidade... Por quê? Certa como estou de que não deve ser nenhuma barbaridade, como é que me vou ofender? Dize logo o que é! Talvez um santo te inspirasse mesmo...

Ansiosa, tua

Carlota.

VI

16 de março

Marcela

Tua carta chegou às quatro horas da tarde. Álvaro às sete. Ainda estou sob o espanto do "remédio tiro e queda" que me aconselhas... Aonde foste buscar aquela idéia? Extraordinária!

Adeus. São oito. Joana vem dizer-me que o jantar está na mesa. O homenzinho chegou com a mesma simplicidade de quem foi ali a Cascadura e voltou dentro de duas horas.

Lolota.

VII

17 de março

Marcelinha

Minha vida não pode continuar assim. Ele sai de manhã e entra à noite sem me dar a menor importância. Tens razão: é porque está certo do meu amor e da minha fidelidade. Arre! É demais. É mesmo demais!

Recebi ontem carta de mamãe, de Lausanne. Mandou-me um retrato dela com papai. Diz que a minha lua-de-mel devia ter sido na Suíça. Que a Suíça está adorável. Pobre mamãe! Se ela soubesse do que vai por aqui...

Carlota.

VIII

22 de março

Meu amor

Simplesmente o divórcio. Estou à beira do divórcio. Imagina o cômico da situação!

A cena foi ontem à noite. Eu não tinha coragem. Mas o teu cartão, com aquele delicioso "Ou a comédia, ou a morte!", decidiu-me a tudo.

Era meia-noite quando Álvaro entrou. Entrou devagar, macio, como de costume. Despiu-se, senti que vestia o chambre e foi tomar um banho. "Talvez não veja nada!", pensei. Eu, muito encolhida nas cobertas, esperava o estalar da tormenta. A tormenta estalou quando ele foi buscar um livro na minha saleta. Da cama, parecia-me vê-lo: parou surpreso diante da mesa do centro, onde a ponta de cigarro, entre a cinza solta, dormia. Ficou uns dez minutos, mais ou menos, sem dar um passo, sem mexer numa coisa. Quanto eu daria para ver-lhe a cara! Depois, pôs-se a andar de um lado para outro. Andou, andou, andou. Meu coração batia. Eu suave. Afinal, ele caminhou para o quarto. O coração queria rebentar. Arrependi-me do que fizera. Tive a idéia de saltar da cama e ir ao encontro do pobre Álvaro a exclamar: "Perdoa! Foi tudo uma brincadeira!" Antes, porém, que eu me resolvesse, ele já estava no quarto, a trocar o chambre pelo pijama. Deitou-se. O seu contato quente deu-me a impressão de que ia estrangular-me. Ia... oh! ia estrangular-me. Passaram-se cinco, dez, quinze minutos. Nem uma palavra. Voltei-me na cama, pigarreando. Ele disse baixinho: — "Carlota?" Não respondi. Tornou: — "Estás dormindo?" Tive vontade de rir e de dizer-lhe com voz muito clara: — "Estou." Mas tomara gosto pela comédia e murmurei um vago "Que é?", com essa voz grossa, embrulhada, de quem está meio no outro mundo, meio neste. Lentamente, abri os olhos. Os dele estavam fixos em mim, menos com severidade que com espanto. Palavra, Marcela, era espanto. A mesma expressão de quem, por exemplo, visse um gato voando. Estranho! Não houvera aquela explosão tempestuosa, aquela tragédia que chamaste "o antídoto violento". Meu marido parecia curioso de mim, ao verificar que na minha saleta, durante a sua ausência, estivera um homem a fumar, sabendo perfeitamente que não recebo visitas. Passados uns momentos, diz-me ele, sempre com a expressão de surpresa no olhar, um olhar sem o menor ciúme:

– Lolota, quem é que esteve à noite aqui?

– Ninguém.

– Como ninguém?

– Ninguém.

– Faze o favor. Levanta-te.

Aí tomou-me pelo pulso, apertando-o, magoando-o. (Eu cantava dentro de mim, cantava!) Assim agarrada à bruta, fui até a saleta:

– Que ponta de cigarro é esta?

Sorri. Não pude representar a cena que me prescreveste: o enleio, a confusão... Nada. Não pude deixar de sorrir. Pois o tolo, ao invés de compreender o meu sorriso, o meu claro, nítido sorriso, perguntou, como começo da tormenta ansiosamente esperada:

– Ainda sorris?

Então, com uma tranqüilidade perfeita, respondi:

– Tive vontade de fumar.

Aproximou-se do cinzeiro, curvou-se, examinou a marca do cigarro:

– Onde é que obtiveste este cigarro? Não são dos que eu fumo.

– Não.

– Onde os obtiveste?

– Mandei comprar.

– Onde estão os outros?

– Pus fora. Tive enjôo.

Como vês, eu falava a pura, cristalina verdade. Comprara aquele maço de cigarros, fumara um, tivera enjôo, pusera os outros fora... Álvaro encarou-me de perto, com ódio – oh! aquela deliciosa expressão de ódio! – e reprimiu o gesto de agarrar-me ao pescoço.

– Desgraçada!

Aí, a minha pena dele foi tão grande que, para não gritar-lhe toda a verdade, caí numa cadeira chorando. Ele interpretou o choro como uma confissão e foi pior. Então, insultou-me. Insultou-me com baixezas gostosas, gostosas como beijos...

–... e eis aí a que está reduzida aquela pureza antiga, aquela educação que recebeste, os compromissos que tomaste perante a lei, perante o altar e perante mim! Parece um sonho. Uma mulher como tu, Carlota! Não! Não! É um sonho! Se eu te matasse, hein?

Veio para mim com as lágrimas rolando-lhe pelo rosto e um ar horroroso de matador. A minha delícia era tanta que deixei cair a cabeça para um lado, como que oferecendo o pescoço... Ao mesmo tempo, defendia-me com a frouxidão de nervos que me dava o gozo:

– Mas estás louco, Álvaro. Juro-te que fui eu mesma que fumei. Juro-te por minha mãe.

Ele parou, de golpe.

– Está acabado. Não sou idiota. Sou um homem de ciência, absorvido por estudos, de que nunca fizeste uma idéia, mas tenho os meus olhos abertos. Era preciso que eu fosse de fato idiota, muito idiota, para não ver aqui, em toda a sua brutalidade, a prova horrível, horrível, da traição.

Então, no calor da cena, aproveitei-me para aliviar o sentimento. Falei-lhe daquela frieza cada dia maior; da minha desilusão; da frustrada esperança de fazê-lo mais expansivo, de tornar o seu acanhado carinho de noivo mais íntimo, mais amigo; da tristeza em que eu passava os dias, só à mesa, só durante todas as horas e só, verdadeiramente só, à noite... Então essa era uma vida de casados com sete meses apenas? Desabafei, desabafei à vontade. Disse tudo que tinha aqui guardado. Só não toquei na amante, para ele não desconfiar de que aquilo era uma comédia inspirada pelo meu instinto de revanche...

– Então confessas que me traíste? – disse ele por fim.

– Já te jurei e torno a jurar diante de Deus que não.

E sorri...

Rangeu os dentes. Abriu a janela. Respirou com força o ar da praia. Ficou um momento olhando a noite. Depois, foi ao quarto de vestir e voltou daí a dez minutos, pronto para sair. Tinha as feições alteradas. Chorara mais lá dentro.

– Aonde vais?

– Desgraçada de ti... Desgraçadinha... E eu que sonhara tanta coisa... A trabalhar, a trabalhar, preocupado com os meus estudos, as minhas pesquisas, o meu laboratório...

– Aonde vais?

– Não sei. Amanhã conversaremos. Amanhã combinaremos o divórcio.

– Vem cá!

Não me atendeu. Estava no jardim. Tive outra vez o ímpeto de contar-lhe tudo... Fui à janela.

Ele atravessava o portão naquele instante. Senti um frio no peito: reparei então que estava em camisa de dormir, o peito exposto ao vento. Recuei, dominei o desejo da confissão e fechei a janela. Caí chorando de novo na cadeira. Chorando de pena e de alegria...

É horrível o que te vou confessar, mas é verdade: dormi bem.

Às sete horas da manhã, Joana veio bater à porta chamando-me para o banho. Mandei que ela entrasse.

– Joana, vieram buscar o doutor à meia-noite para ver um doente. Você sabe se ele já entrou?

Joana ficou enleada, tímida, e respondeu baixinho, como se tivesse percebido tudo a contragosto:

– Senhora patroa, o senhor Doutor eu senti quando entrou às duas horas da manhã. Está a dormir todo vestido no divã da sala.

Dormira na sala de visitas sem eu saber! Fui vê-lo, pé ante pé: ainda dormia. Custou-me não lhe dar um beijo. Pobre! Estava pálido, desfeito. Enfim, Marcela, era preciso. O "tiro e queda" era forte, mas eu não podia dispensar o efeito, custasse o que custasse...

Bem. Às nove horas ele apareceu no jardim, já banhado, toalete feita. Eu cuidava das roseiras.

– Minha senhora, devo escrever hoje a seus pais comunicando-lhes os fatos.

Tive um assomo de energia sincera:

– Seu tolo, já jurei por tudo que era possível que estou inocente.

Teve uma contração de impaciência e acrescentou, dando meia-volta:

– No almoço mostrar-lhe-ei a carta.

E aí está, Marcela, tintim por tintim, o que se passou ontem à noite e o que se passou esta manhã... Dizer-se que há uma chispa de gênio nessa tua cabecinha de vinte anos!

Sinto-me a caminho da felicidade... Em outras palavras, estou à beira do divórcio. Portanto, meu marido ama-me. Abençoada Marcelinha!

Olha, meu anjo, no almoço vou ouvir a carta fatal. Mandar-te-ei contar tudo.

Escreve-me logo, logo.

Os teus vinte anos sabidões... Eu, mais velha, sou uma tola.

Minha rosa em botão, beija-te a

Lolota.

IX

23 de março

Marcela querida

Não era preciso que me telegrafasses ao receber a minha longa carta. E que telegrama complicado, feito à maneira de charada, para salvar a discreção do caso aos olhos dos funcionários dos Telégrafos! O que me admira é que tu, a cabecinha estouvada, além de teres aquela idéia maravilhosa, hajas tomado tal interesse pelo meu caso. Marcelinha, tu prometes, meu amor.

Vamos ao nosso caso: ontem, à hora do almoço, veio ele com a carta. Não se sentou.

– Não almoças?

– Não.

– Ora, Álvaro, deixa-te disso. Come. Passaste a noite mal. Enfraqueces...

Olhou-me com raiva. Ao mesmo tempo, meu cinismo excitava-o...

Puxou do bolso a carta. Assim que principiou a ler, estendi a mão, impedindo:

– Não quero saber dessa bobagem. Estás doente.

Deu um soco na mesa, que me assustou.

– Agora pretendes quebrar os copos?

À proporção que o caso crescia, minha volúpia era mais felina e minha habilidade mais aguda e sinuosa...

– Pois bem, mandarei a carta sem lê-la. Era um gesto de lealdade de minha parte. Desde que não aceitas, pior.

Fui tranqüila, forte, sublime:

– Álvaro, deixa-te de tolice. Não vás agora perturbar papai e mamãe na Europa. Seria horrível.

A minha calma era pavorosa. O homem ficou pálido como cera.

– Então, que queres que eu faça? Qual deve ser a minha atitude?

Evidentemente, eu vencera.

– Álvaro, estás alterado. Aliás, é de pasmar essa onda de ciúme em quem, com sete meses de matrimônio, não faz caso nenhum da mulher.

Gritou:

– Já não lhe expliquei que é a clínica e é o laboratório que me prendem?

Então julguei que naquele momento não era mais perigoso mostrar o ponto fraco da minha couraça, que eu na véspera mantivera rigorosamente coberto:

– Só o laboratório? Nenhuma mulher?

– Qual mulher!

– Juras?

Andou uns passos.

– É incrível! Se eu não penso nem na minha, quanto mais em outra!

Podia ser que fosse verdade. Mas apesar da alegria da vitória, não me esqueci do abandono, das indelicadezas de trato, da abstração, da viagem a São Paulo prorrogada... Ele tinha amante, sem dúvida. Mas o plano da ponta de cigarro ferira-o fundo. Era preciso continuar, Marcela!

– Portanto, meu caro Doutor, já sabe: nada de incomodar papai e mamãe. Não faça asneiras. O senhor tem trinta anos. Crie juízo e saiba ser marido, já que sabe tão bem ser amante... da outra.

Olhou-me com aquela expressão de surpresa ingênua que eu lhe vira na véspera, na cama. Seria possível que fosse casado com uma mulher tão cínica?

– É o que estou dizendo – afirmei com um sorriso irônico.

Rasgou a carta em pedacinhos e disse secamente:

– Vou para um hotel. Esperarei que seus pais regressem. Adeus.

E saiu. Até agora.

Que devo fazer? Escrever-lhe uma carta dizendo mais uma vez que estou inocente? Esperar que volte? Contar-lhe o plano? Não sei, mas parece que o melhor é esperar que volte... Voltará.

Ao mesmo tempo, querida, tenho receio de que ele faça uma tolice. Não? Enfim, Álvaro não é lá um grande temperamento de suicida. Não obstante, num ímpeto...

O caso é que o remédio foi mesmo "tiro e queda". Vamos ver a continuação do efeito.

Abençôo-te.

Carlota.

X

6 de abril

Marcelinha do meu coração

Há quinze dias Álvaro está fora de casa. Começo a achar insuportável este isolamento. Ontem fiquei a tarde inteira numa confeitaria em frente ao consultório, para vê-lo sair. Só saiu às sete horas, com dois médicos conhecidos, um dos quais é o presidente da Academia de Medicina e o outro diretor do Hospital de São Julião. Nem me viu. Estúpido! Parece que o homenzinho se acostuma às mil maravilhas com o regresso à vida de solteiro. Está hospedado no Hotel Botafogo. Estúpido! Estúpido!

Carlota.

XI

21 de abril

Adorada Marcela

Mandei ontem uma carta ao Álvaro. Não resisti e mandei. Ora, há um mês que isto dura! É esmagador. Mas que carta pensas que lhe mandei? Um bilhete dizendo isto apenas: "Álvaro. Sei que estás passando mal no hotel. Deixa-te de tolices. Já te fiz todos os juramentos."

Ele deve ter alguém que me vigia os passos. Há duas semanas noto atrás de mim, na rua, nas poucas vezes que saio, um mulato magro, de chapéu de palha. Esse mulato passa todos os dias por aqui. Será mesmo um espião? É delicioso.

O velho Rufino jardineiro vai duas vezes por semana ao hotel buscar a roupa branca. Álvaro já se queixou a ele uma vez, rindo:

– Seu Rufino, esta vida de hotel é dura!

E acrescentou:

– Enfim...

Deu um charuto ao velho. Ele veio todo contente contar-me isso e cometeu o abuso de dizer:

– Patroa, não deixe o patrão lá...

Então mandei a carta. Virá? Não virá?

Carlota.

XII

24 de abril

Marcela

Há dois dias o homenzinho está aqui. Quando anteontem chegou, disse apenas:

– Obedeço à sua carta. Vim, porque era uma despesa inútil que eu fazia. Em nosso divórcio não quero nada do que é seu. Mas faço questão de dividir em dois o pouco que tenho. Portanto, evitando essa despesa, tratei apenas do seu interesse.

Pobre Álvaro! Que falta de espírito! Não pôde arranjar uma desculpa mais delicada...

Depois disso, não me deu uma palavra. Instalou-se na biblioteca. Dorme no divã, que arrastou da sala. Faz as refeições na rua. (Como dantes... Mas agora suponho que não será com o mesmo prazer.) Só conversou com a

Joana uma vez e outra com o Rufino. Com a Joana foi a propósito do banheiro:

– Este banheiro é uma preciosidade. O do hotel dava vontade de ficar sujo.

Com o Rufino foi hoje de manhã, no jardim:

– Os craveiros precisam de outra cerquinha de bambu. Estas não valem mais nada. Apodreceram com a chuva.

E só. Também, é o quanto basta para a alegria da tua venturosa

Lolota.

XIII

26 de abril

Marcela

Tens razão. Eu não havia pensado nisso.

É uma vergonha que os criados estejam na absoluta intimidade da minha vida privada. Mas que culpa tenho eu? Era fatal. Não se pode fugir a isso, como não se pode igualmente impedir que as paredes ouçam o que a gente diz... Paredes e criados, em matéria de escutar e saber, são a mesma coisa. Em matéria de contar, sim, há uma pequena diferença... *Pas d'importance.*

Carlota.

XIV

12 de maio

Marcela, bom dia

Há uma novidade. Álvaro ontem à noite veio jantar, depois de vinte dias de vida completamente à parte. Com uma expressão severa, disse-me:

– Ando muito doente do estômago. Talvez seja mesmo um caso fatal. Não sei, depende do exame que vou fazer amanhã. Portanto, comer fora, em qualquer hipótese, é a morte para mim. Que prefere: ser viúva, ou apenas divorciada?

Respondi com o meu sorriso invariável:

– Não sejas bobo, Álvaro. Tu mesmo estás convencido da minha inocência. Por que continuas a representar essa comédia?

Que cinismo o meu! Representando uma comédia, ele, Álvaro, a negação do teatro...

Disseste bem na tua última carta: agora, mais do que nunca, não devo confessar que foi tudo um plano. Deixo que as coisas vão correndo assim. Ganhar, já ganhei. Ele cedeu. O resto é questão de tempo. Pelo menos assim espero.

Beija-te a

Carlotinha.

XV

27 de maio

Minha boa Marcela

Perdoa-me! Há quinze dias não te escrevo uma única linha! Não é falta de desejo. É que fui convidada para a Comissão Central da Liga Protetora dos Meninos Pobres e tenho muito que fazer. Andamos, eu e diversas senhoras, o dia inteiro percorrendo os bairros, inscrevendo crianças. Uma trabalheira sem fim. *A Gazeta de Notícias* trouxe um artigo a respeito. Até falava em mim, no meu zelo. Exagero, puro exagero.

Adeusinho.

Carlota.

XVI

5 de junho

Marcela

Nada de novidades por aqui. Apenas o Álvaro está mesmo meio adoentado. Coitado, trabalha demais. Agora teve uma idéia esplêndida: mandou construir nos fundos do quintal uma casinha e vai instalar ali o laboratório. Está caseiro. Anda a estudar não sei quê.

Infelizmente, não conversa comigo. Continua afastado. Ao almoço, moita. Ao jantar, moita. Às vezes eu ensaio uma pilhéria, mas ele fica tão sério que eu encabulo.

Que raiva me dá! Ele é um bocadinho mais forte do que eu pensava.

Melancólica,

Carlota.

XVII

13 de junho

Marcela

Estou proibida de trabalhar para a Liga Protetora dos Meninos Pobres. A coisa estourou ontem. Há três dias que Álvaro não saía de casa, todo preocupado com os estudos do laboratório, o qual, segundo me disse o diretor do Hospital de São Julião, Dr. Moreira, que aqui esteve, é um laboratório muito bom. (Entendo pouco dessas coisas de ciência.)

E eu, enquanto ele trabalhava nos tais estudos, trabalhava pelos meus pobres, aí pelos bairros. Pois, na noite de ontem, às 9 horas, o homem veio da biblioteca até a saleta, com um livro na mão, o dedo preso entre as páginas. Parou na minha frente. Eu também lia.

– Que é?

– Venho dizer-lhe que não vai mais à Liga. Tudo isso não passa de ociosidade mundana. Diletantismo da caridade. Não vai mais. Há muitos meios de proteger os pobres ficando-se em casa.

E voltou à biblioteca.

O que ele não quer é que eu saia. Como está mudado! Graças a ti, meu amor. Mas olha, ando numa moleza... Há tanto tempo só!

Ah! Deus meu! Que loucura estou a dizer a uma menina de vinte anos, de uma ingenuidade sem par?

Carlota.

XVIII

15 de junho

Marcelinha! Marcelinha! Marcelinha! Vê se compreendes

. . . .

. . . .

Ah! não Mentira! Não há nada que compreender aí! Mentira! Mentira!

Carlota.

XIX

28 de junho

Marcela

Às pressas. Álvaro vai ser agora à noite recebido na Academia de Medicina. O *Imparcial* trouxe o retrato dele e entre outros elogios disse que é "o mais moço dos sábios do Brasil". Bravos! Meu marido é um sábio.

Tenho um lindo vestido para a noite de hoje. Se tu me visses! Vou ficar deliciosa...

Lolota.

XX

9 de julho

Marcela, meu bem

Tive hoje uma cena violenta com o Álvaro. Está com ciúmes de um moço que mora aqui pegado, que tem uma baratinha. O caso da ponta de cigarro voltou à baila. Que fazer? Não, nunca confessarei o plano. É a segurança da minha felicidade. Não achas, cabecinha de vento?

Carlota.

XXI

22 de maio

Marcela

Há quanto tempo que não te escrevo!

Álvaro fêz uma nova descoberta. Desta vez foi a cura da tísica na grande maioria dos casos. Dizem todos que é uma coisa notável. Os jornais também. O governo quis há pouco que ele fizesse uma viagem nos Estados Unidos, mas ele não aceitou, por causa da Marcelinha. Pobre! Com dois meses de idade apenas! Não, seria uma barbaridade levá-la. Os avós estavam louquinhos por que nós a deixássemos aqui com eles. Pois sim! Não me separo desta bolinha de carne nem por obra do céu.

Antes que eu me esqueça: ontem o Álvaro, ao abrir uma gaveta da secretária, à procura de uma coisa que eu pedia, encontrou um rolinho de papel, amarelado, pequetitinho: "Que é isto aqui?" Abriu: era uma ponta de cigarro, a famosa ponta de cigarro de um ano, que ele guardava para mostrar aos velhos como "prova irrecusável".

O interessante é que ele ficou pálido, pálido. Dei-lhe um beijo na testa e teve um leve movimento de recuo.

Estranhei. Ele me olhou com os olhos cheios de lágrimas e caiu de bruços na mesa, soluçando.

– Seu tolo, por que esse choro? Vou jogar isto fora.

E joguei a ponta pela janela. A extremidade dos meus dedos ficou impregnada daquele cheiro... Horrível, o fumo!

– Mas que é isso, seu tolo? Por que esse choro?

Não me respondeu nada, a olhar-me, numa ansiedade, numa dor...

Então eu disse tranqüilamente:

– Se não fosse aquele plano que a Marcela me ensinou, até hoje eu estava casada e sem marido...

– Como?

– O plano da ponta de cigarro.

Nunca vi num rosto humano maior expressão de ventura. Levou ambas as mãos à cabeça, como que amparando-a... Agarrou-me pelos pulsos, nervosamente, os olhos fixos em mim, trêmulo.

– Então foi apenas um plano?

– Pois foi, tolo. Não sabias?

Porque até ontem, minha querida, o Álvaro estava convencido de ter "perdoado". Sofria terrivelmente em silêncio... Mas esse minuto de felicidade não valeu a tortura secreta de tanto tempo?

Escreve-me.

Beijos da afilhada Marcelinha e beijo da tua

Lolota.

BAIANINHA

Naquela pensão da Praia do Flamengo o aparecimento de Zezé Flores produziu sensação.

Moravam ali uns senhores ocupados e gordos que à noite, em cadeiras de vime, ao longo da calçada, tomavam o fresco olhando passar os bondes. Havia também duas moças feias, velhuscas, funcionárias de um ministério, que comiam silenciosas. E um médico mocetão, vermelho, sardento, carrancudo, com um jeito impertinente de exibir a esmeralda. Estava sempre a fazer concurso para a Saúde Pública e era todas as vezes desclassificado. Tinha ódio do ministro, que não sabia da sua existência. E havia eu.

Eu, os senhores sabem, sou uma pessoa insignificante. Nunca me fiz notar por outra coisa além de uma timidez deplorável. Estava seguindo um curso particular de química industrial, porque meu pai, tendo empregado capitais na fabricação da aguarrás, queria fazer de mim o cérebro técnico dessa e outras proezas.

Zezé Flores chegou à pensão numa segunda-feira. O marido fora nomeado engenheiro da Inspetoria de Portos. Vinham de São Salvador, de mudança, com três pesadas malas de roupa e um acento baiano horroroso, em que os rr eram aspirados como os hh ingleses.

Era morena, miúda e flexível. Ao rir-se, a boca pequena e fina descobria dentes alvos, que sugeriam mordidelas gostosas em nacos de carne polpuda. Tinha atitudes imperativas, um olhar vitorioso quando encarava as pessoas. Usava vestidos de cores berrantes, amarelos de oca, vermelhos sangrentos de urucum.

Nessa primeira noite, quando Zezé Flores entrou na sala de jantar, toda verde como uma lagarta – a lagarta do Dr. Maurício Flores, espadaúdo, escuro, cara quadrada, sobrancelhas espessas de piche – senti que Zezé Flores, fixando os olhos em mim, me revelava de súbito o segredo das infinitas submissões do homem.

As moças feias e funcionárias, mastigando o pão com movimentos exagerados de maxilas magras, espicharam olhos despeitados para o escândalo daquele verde – pedaço petulante – de bandeira brasileira vestindo o moreno saboroso de um corpo macio, sazonado ao sol de São Salvador.

O médico sardento pareceu-me, desde aquele instante, inspirar uma antipatia reta a Zezé Flores. Talvez em poucos momentos, naquela mesma tarde da chegada, ela houvesse percebido já as atenções que D. Eulália, com os seus quarenta anos imponentes, concentrava no quarto do doutor. Porque a todas as horas do dia ou da noite ouvia-se D. Eulália no corredor a perguntar às criadas:

– Pôs água no jarro do Dr. Esperidião?

– Você varreu bem o quarto do Dr. Esperidião?

– Ó Emília, quem foi que derramou um pingo de tinta na mesa do Dr. Esperidião?

Não sei se foi por sentir, instintivamente, que o Dr. Esperidião se erguia diante de mim como um rival desventurado e vingativo, o caso é que tive a impressão de observar na baianinha, desde logo, uma aversão indisfarçável por ele.

90

Zezé Flores ficou sendo na pensão, para toda gente – a baianinha. As criadas mesmo diziam entre elas: a baianinha. E eu próprio, conversando comigo, nos solilóquios melancólicos do amor que nascia, não a tratava senão por baianinha.

O marido tinha uma voz grossa, atrovoada. No começo, pouco falava à mesa. Tornou-se verboso, depois. O seu assunto predileto era o Estado de São Paulo, que não conhecia. No seu entender, o Estado de São Paulo era o parasita da República. Tudo era para São Paulo! Leis, defesa, auxílio, só para São Paulo! E os Estados do Norte que morressem à míngua!

O Dr. Esperidião, esse, raramente conversava. Era de Sergipe e não gostava dos baianos. Em todo caso, como nem eu, nem as moças funcionárias, nem os senhores gordos do comércio opuséssemos nada à argumentação do Dr. Maurício Flores, Esperidião irritava-se, ia-se enchendo de contestações tácitas e afinal saía do seu silêncio para dizer uma simples frase:

– São Paulo marcha à frente do Brasil.

E voltava à casmurrice.

Havia um sussurro de aprovação. D. Eulália, cujo falecido esposo era campineiro, tinha entusiasmo por tudo que fosse paulista, armando às vezes conflitos por causa do futebol de São Paulo, "infinitamente, mas infinitamente superior ao carioca". Então, quando Dr. Esperidião defendia a terra paulista daquele jeito, numa síntese que irradiava convicções, ela sacudia a cabeça, cutucando o peito com o queixo onde havia dois fios de barba.

Os solteirões obesos, entre os quais se contava também um professor de inglês, acompanhavam, então, o gesto de D. Eulália, para lhe serem agradáveis. E, com um sorriso de bonomia experiente, setavam olhares de encoberta sensualidade para Zezé Flores.

D. Eulália, no fim de algumas semanas, verificou que o Dr. Esperidião estava apaixonado pela baianinha. Fora notando nele certos modos, gestos, alterações de hábitos, num inquérito silencioso e tenaz, até obter a certeza.

Uma noite, como fizesse muito calor, eu quis tomar um banho frio ao voltar da rua. Passando em chinelos de corda pelo quarto do Dr. Esperidião, ouvi cicios de conversa e cometi esta odiosa e excitante ação: espiei pelo buraco da fechadura. É claro: D. Eulália estava lá dentro, sentada na cama, com o rosto transformado pela ira. Gesticulava. Dr. Esperidião, em mangas de camisa, estendido ao longo do colchão, procurava ler um jornal, que ela lhe arrancava das mãos. Feriu-me a vista este pormenor: ele usava suspensórios vermelhos. Escutei:

– Eu ponho essa mulher para fora!

* * *

A baianinha empolgou-me. A iniciação do nosso amor foi simples.

O quarto dela era nos fundos do edifício, cujos compartimentos davam para um pátio com jardim. O chuveiro era no extremo do pátio. Sempre que eu passava, enfiado no roupão de banho, via Zezé costurando, numa cadeira de braços, entre os tinhorões dos canteiros.

Acanhado, eu cumprimentava.

Às vezes, o chuveiro estava ocupado. O professor de inglês cantarolava lá, com uma voz estertorante de barítono gasto.

A princípio timidamente, fui tomando o hábito de parar junto de Zezé Flores antes de ir para a ducha. Como sentisse nela uma ironia maliciosa que zombava do meu acanhamento, animei-me aos poucos. Passamos a conversar coisas picantes.

Ela gostava de frases:

– O déstino de uma molér bonita é o amorr. Não é nãão?

Essa literatura avançada ficava chocante na sua boca provinciana de baianinha. Em todo caso, que fazer? Um dia beijei-a.

Não teve o menor susto. Lambeu a boca, como que recolhendo o beijo, e continuou a conversa, muito calma.

Olhei para trás, com o terror de que houvessem visto: à janela de um quarto havia o gato da casa, que dormia ao sol. Uma abelha zumbia em torno de uma flor, quase no meu nariz.

Corri ao chuveiro para isolar-me, para pôr de novo as idéias em ordem, porque o meu instintivo rompante me abalara as fibras, agora desmanchadas pela comoção.

* * *

Os hóspedes notaram em mim qualquer mudança. Evidentemente. Talvez eu andasse com um ar mais resoluto. Ou talvez mais tímido e desconfiado. Não sei.

Dr. Esperidião – atrapalhado com os pontos de um novo concurso na Saúde Pública – passou a odiar-me. Tive o pressentimento de que ia surgir uma denúncia anônima e comuniquei os meus receios a Zezé, uma tarde, num cinema da Rua da Carioca, que freqüentávamos às escondidas.

– Tenha medo nãão.

O seu "nãão", obrigatório em quase todos os finais de frase, tinha uma sonoridade longa e profunda. Meu secreto encantamento embarcava naquele "nãão" como para um vôo rápido ao infinito.

D. Eulália pôs-se a tratar Zezé Flores com desprezo. Deixava o quarto do casal por fazer, até tarde do dia. À mesa, esquecia-se de servir a baianinha.

Eu, humilde, fingia não perceber nada.

E um domingo, como pedisse canja e D. Eulália respondesse, com sequidão, que não havia mais, Zezé levantou-se da mesa:

— Maurício, eu não almoço nãão.

O Dr. Flores, surpreso, olhou-a sem compreender.

— Levanta. Vamos a um réstaurante.

Atirou com o guardanapo e saiu.

No mesmo dia mudaram-se para um hotel. Na semana seguinte estavam instalados numa casa em Copacabana, junto do morro.

* * *

No Flamengo o ambiente continuou carregado por muitos dias. D. Eulália, por indiretas, atacava a baianinha.

— Ando muito cansada desta vida de pensão. Encontra-se gente boa, mas também se encontra muita gente ordinária.

Teve a audácia de perguntar-me, tempos depois:

— Tem visto a baianinha? Aquilo é coisa muito à toa, já me informaram. Enfim, eu não podia saber. Ela não trazia letreiro na testa.

Esperidião resistia aos projetos conjugais de D. Eulália. Isso a irritava contra Zezé, como se Zezé, ainda que ausente agora, tivesse culpa de acender os sentidos do sergipano. Eu sabia o que se passava entre os dois porque...

Há infâmias deliciosas. Sim, porque os espiava.

Espiava-os quase todas as noites. Vingava-me assim de terem humilhado a baianinha e privado a mim da sua encantadora presença, a sua presença absorvente.

À noite, quando eu enxergava luz no quarto de Esperidião, punha um olho na fechadura.

E assistia às brigas dos dois.

Às vezes D. Eulália parecia sossegada, conversava com calma. Esperidião estava sempre em mangas de camisa esticado na cama e tinha aqueles suspensórios vermelhos. (Eu jurava para mim, não sei por quê, serem presente de D. Eulália.)

Colocando o ouvido na porta percebia tudo. Ela queria vender a pensão e montar uma casa em Santa Teresa, onde alugaria dois ou três quartos para estrangeiros de luxo. Viveriam como casados.

– E tua filha?

Era sempre a objeção dele.

A filha de D. Eulália era uma mocinha de quatorze anos, que vivia internada num colégio de Petrópolis. Aquela filha salvava-o.

– Você continuará um hóspede como os outros.

Ele insistia, suplicante:

– Dá na vista, Eulália...

Esperidião descobrira, ultimamente, numa festa a bordo do Minas Gerais, que o Senador Joaquim da Rocha, de Sergipe, tinha uma filha solteira, enjoadinha e rica. A Providência Divina preparara este acaso maravilhoso: o professor de inglês dava aulas a ela. E Esperidião, que antes o tratava de carranca fechada, passara agora a convidá-lo a fazer o quilo pela praia, depois do jantar. Oferecia-lhe charutos.

O Senador Joaquim da Rocha era íntimo do Presidente da República.

Ele queria vencer. Havia de mostrar ao ministro!

* * *

Mudei-me. Santa Teresa acolheu no encanto discreto das suas ruas o passeante solitário das tardes de verão.

D. Serafina, minha nova dona de casa, respondera à consulta inicial, balbuciada e tímida:

95

– Sendo uma pessoa só, consinto. Escândalos não quero.

A Rua do Curvelo é própria para os amores furtivos. Passam alguns estrangeiros que por ali moram. Passam, raros, os vendedores de frutas. E apenas à tarde surge dos portões a garotada plebéia dos cortiços, em algazarra.

Nos nossos dias, a baianinha chegava logo depois do almoço, muito leve e flexível, a passo rápido. Antes de bater, já a porta se abria para ela. Em pijama, eu dava-lhe o beijo da chegada. E fechava a porta de novo.

Meu pai continuava acreditando nas minhas aptidões para a química industrial.

* * *

Os trabalhos do Primeiro Congresso Brasileiro de Engenharia Hidráulica eram à noite. Flores não faltava. Representava pontualmente o Estado da Bahia.

Por isso Zezé marcava agora encontros na Praia do Leblon. Ali, num recanto selvagem, diante do mar em fúria, ficávamos quartos de hora perfeitos, numa felicidade harmoniosa. Uma mulher tão pequena, mas tão forte! Seus braços me apertavam como cordas que me amarrassem.

– Espere, você queima o rosto – eu dizia. – Não faça assim. Olhe o rosto, você se queima.

Tirava-me o cigarro, jogava-o longe. Queria-me completamente absorvido nela. Que fazer?

Uma vez meu susto foi enorme vendo aproximar-se um sujeito. Vinha devagar, como quem está na certeza calma de encontrar uma pessoa procurada. Meu coração batia forte. Por instinto, apalpei uma pedra que estava a meu lado: era a minha única arma de morte.

Se ele me desse um tiro?

Zezé Flores, adivinhando o meu terror, disse a sua frase predileta:

– Tenha medo nãão.

Bem. E agora? O sujeito vinha diretamente para nós: o Dr. Esperidião.

Passou. Zezé abafou um risinho de escárnio. Tomou da minha mão a pedra e perguntou-me no ouvido:

– Atiro?

* * *

Gelado, ouvi a chave girar na fechadura da porta da rua.

Zezé deu um salto na cama. Um pensamento fulminou-me:

– A viagem foi apenas um plano!

Zezé abriu depressa a janela, jogou-me nos braços a roupa e o chapéu e empurrou-me:

– Quando ele entrar, salte por aí.

A sacada podia ter uns dois metros. Embaixo um gramado estendia-se, ao luar. O pulo era fácil.

Sentindo os passos do marido dentro de casa, ela fechou a janela atrás de mim. Na vizinhança, as casas, a pequena distância, estavam escuras, adormecidas. Escutava-se apenas o barulho do mar.

Vi-me entregue ao acaso de uma cilada. Podia haver assassinos pagos pelo Flores, à minha espreita.

Fiquei espremido naquela sacada, a cavalo na grade. Um instinto de coragem agonizante levou-me a ficar à escuta, abaixado. Ela podia precisar do meu socorro. Pobre baianinha!

Que era aquilo?

Parecia uma invasão de soldados bêbedos num palácio inimigo, em praça vencida. Flores derrubava móveis, atirava cadeiras, cambalhotava as mesas, partia os espelhos. Tiniam louças estilhaçadas, garrafas, copos. Um estouro anunciou-me que a estatueta de bronze da *étagère* fora atirada ao chão. Nossa Senhora! Ele ia matar a baianinha.

Se eu entrasse de novo?

Seria a confissão irreparável: eu estava descomposto, com as roupas na mão. Não podia entrar. Ficaria. Ficando, Zezé seria capaz de convencer o marido. E banhou-me um fluido quente de confiança no talento daquela mulherzinha. Ela o convenceria!

Essa certeza fez-me perder o medo. Esqueci que podia haver assassinos de emboscada. O luar espalhava no mar as suas faiscações de prata.

— Está louco? Está louco?

A voz da baianinha vibrava.

— Canalha! Eu mato esse homem! Onde está? (A voz de trovoada.)

— Que homem, seu idiota? – gritava ela mais forte, com uma energia aguda.

Uma chuva de sons cristalinos... O lustre da sala de jantar fora partido. Devia ter sido a golpes de bengala. Instintivamente, imaginei o que seria aquela bengala partindo-me a cabeça.

Ouvi então Zezé guinchar uma coisa suprema:

— Fique quieto!

A frase pareceu-me de um insondável prestígio na sua simplicidade imperativa.

— Eu mato!

— Pois mate! Matar a quem? Você ficou idiota? Que significa isto? Quebre à vontade, porque o prejuízo é seu.

E ele não vinha até o quarto!

Eu esperava o momento em que Flores fosse procurar-me atrás das cortinas, ou dentro dos armários. Como não parava de gritar, saberia da sua aproximação e podia pular no gramado. Entretanto, Flores se limitava aos berros e a quebrar tudo que havia na sala de jantar.

Senti-me cheio de uma ampla coragem.

– Eu sei que um homem entrou aqui!

Avançou, nesse instante, para o quarto de dormir. Dispus-me a dar o salto surdo. A voz da baianinha chumbou-me ao lugar:

– Veja aí! Procure embaixo da cama! Abra o guarda-roupa! Imbéci! Não está satisfeito nãão? Acordar-me com esse escândalo!

Zezé daquela vez não seria assassinada. Era evidente. Escutei uma risadinha irônica:

– Bobo! Amanhã tem que comprar tudo novo.

Ele parara.

– Mas como se explica isso, Maurício?

Tive a impressão de que ela o estava enlaçando pelo pescoço. Senti um ciúme desesperado.

– Bobo! Só faltou abrir a janela e dar tiros. Ainda é tempo. Ande! Não espere não!

Aí, puf! caí na relva. Fugi pelo quintal com o chapéu e a roupa nos braços. Na disparada, dei com a testa num arame de varal. Ao choque, cambaleei. Continuei correndo e saltei o muro. Estava no morro.

Ofegando, parei.

Embaixo, na claridade da lua, a casa dormia quieta, com o ar feliz dos bangalôs de beira-mar.

– Baianinha dos diabos! – murmurei com ternura e alívio.

Entretanto, um ciúme, que eu procurava esconder de mim próprio, picava agora a minha gratidão.

Estariam reconciliados?

* * *

Foi a mania de meu pai que perdeu Zezé naquela noite. O Dr. Flores sossegara, estava já convencido de que a carta anônima fora uma infâmia e que a velha, posta ali na praia para espiar se algum homem entrava, mentira e furtara-lhe o dinheiro. No entanto, a *American Review of Chemistry*, que eu esquecera no criado-mudo, denunciou irrecusavelmente a presença de um terceiro.

Então o espelho do guarda-casaca foi sacrificado.

Zezé ainda explicou: tivera curiosidade de ler aquela revista; passando à tarde pelo Boffoni para comprar uns figurinos, apetecera-lhe aquilo.

– Em inglês? Que é que você entende de inglês, infame?

Dr. Flores ficou convencido de que a mulher o traíra com um inglês, ou um norte-americano. Um engenheiro norte-americano, talvez. Um colega! E a idéia de que esse colega estrangeiro o conhecia, zombava dele ao passar, ou lhe apertava a mão com ironia, desesperava-o.

Meu pai foi o culpado. Nas suas cartas – ainda na última, recebida naquela tarde – me recomendava que eu não deixasse de ler todos os números da *American Review of Chemistry*. Na sua opinião, um químico-industrial que se preza e que pretende ser alguma coisa na sua carreira, não pode prescindir dessa excelente, substanciosa revista. "Ali vem tudo, meu filho".

Eu comprara aquele número. Andara com ele pelos bondes, pelos cafés, como quem é portador de uma preciosidade. Apenas não conseguia ler dez linhas de artigo nenhum.

Como tirar a ilusão de meu pai?

* * *

Eu chegara em casa cerca de duas da manhã. Preparava-me para dormir, aliviado por me ver escapo daquela, ao mesmo tempo inquieto pelo rumo que tomara o meu caso de amor, quando bateram na janela. O coração pulsou-me violento. Seria o Flores? A baianinha teria confessado tudo? Espiei pelas frestas da veneziana: Zezé.

– Que é isso?

Eu estava aturdido. Que desgraça!

– Que significa isso?

– Filhinho, abre a porta. Tá esperando o quê?

Zonzo, fui abrir a porta.

A baianinha entrou, o cabelo coberto de um gorro de veludo, o corpo macio enrolado num mantô quente como um seio.

Beijou-me.

Apoderou-se do meu quarto, como nas tardes afetuosas. Foi para o espelho e, arrancando o gorro, apareceu linda no quadro iluminado: o cabelo um pouco desfeito, o rosto afogueado, mas o ar tranqüilo de quem chega de um passeio.

Caí sobre a cama, num desânimo de homem castigado. Apoiei a cabeça no braço, escondendo o rosto. Muito bem... desta vez eu estava perdido...

Ela chegou-se a mim:

– Que é isso, filhinho?

Ergui uns olhos turvos de lágrimas.

Zezé soltou a sua risadinha voluptuosa e irônica:

– Tenha medo nãão...

D. TEODORINHA

Os quarenta e cinco anos, fatigado de sua vida monótona de solteiro – à qual algumas noites dormidas fora de casa davam maior tristeza – Guedes resolveu encontrar uma criatura amável para viver como casado. Era um homem discreto, recolhido, melancólico talvez. Da sua obscura carreira de funcionário público constavam alguns elogios na fé de ofício e uma reputação impecável de confiança.

– Homem de confiança, o Guedes.

Estava agora como chefe de seção. Ainda tinha pretos os cabelos. Um pouco de calvície, uma calvície insinuante e vagarosa, lhe invadia a fronte. No bigode caído, despretensioso, que ele por hábito alisava sem torcer, brilhava às vezes um fio de prata.

Guedes sentia-se envelhecer.

Não lhe era fácil encontrar no Rio de Janeiro uma mulher a seu gosto para a vida em comum. Seria preciso uma que, mais moça do que ele, tivesse no entanto a mesma alma cansada e fria.

Guedes não gostava de relações. Dava-se apenas com duas ou três famílias, cerimoniosamente, visitando-as de vez em quando em dias marcados. Assim, o problema do seu *ménage* estava dificílimo de resolver. Não só não dispunha de conhecimentos que lhe favorecessem o encontro desejado, como a criatura devia ter o seu temperamento especial.

Entretanto, Guedes encontrou D. Teodorinha.

Guedes morava na Rua do Riachuelo, numa casa de cômodos. Uma casa respeitável e asseada, em que os moradores ficavam, em geral, quatro, cinco, seis anos a seguir. Ele estava há onze, por exemplo.

Aconteceu que, tendo morrido um italiano velho, seu vizinho da esquerda, o quarto naturalmente ficou vago e veio para ele, dias depois, D. Teodorinha.

Era uma senhora de trinta anos, mais ou menos, um tanto baixa, um tanto gorda, silenciosa, grave.

Na mesma manhã da mudança, quando Guedes saía para a repartição, ela apareceu de súbito à porta, tomando uma atitude de reserva:

— O cavalheiro vai perdoar-me. Pode dizer-me as horas?

— Pois não, minha senhora.

E Guedes puxou de seu enorme relógio de ouro:

— Nove horas e quarenta e cinco minutos.

— Muito obrigada.

E ia retirar-se. Então Guedes, tendo simpatizado com aquele misto de franqueza e reserva, tirou o chapéu e perguntou respeitosíssimo:

— Vossa Excelência é a nova moradora?

— Sim, senhor.

— Eu sou Guedes, um seu criado, morador aqui há onze anos. Às suas ordens, minha senhora.

E saiu com uma agradável impressão de esquisito alvoroço.

No dia seguinte a arrumadeira o informou de que a vizinha se chamava D. Teodorinha.

Durante toda aquela semana não tornou a vê-la. Apenas, pela manhã e à noite, ouvia rumor de passos, ou de uma cadeira arrastada, ou de uma janela que se fechava no quarto de D. Teodorinha.

Guedes começou a sonhar com D. Teodorinha. Via-a em camisa, ao deitar-se, o cabelo solto, olhando-se pela última vez no espelho...

No domingo – Guedes era católico praticante – foi, como de costume, à sua missa das 9 horas na igreja de Nossa Senhora da Lapa. Ajoelhou-se, rezou. Olhou depois a multidão, distraidamente. E quando, por último, se voltou para o lado, viu ali junto dele, quase a roçar-lhe o fraque preto, D. Teodorinha. Fez um leve movimento com a cabeça, a que ela correspondeu em silêncio, continuando a oração. Aí pôs-se a observá-la: era fresca, bonita, uma pele aristocrática. Um tanto baixa, um tanto gorda, porém com um porte distinto. Uma senhora fina.

De então por diante, Guedes ficou considerando D. Teodorinha a criatura ideal para o seu *ménage* sonhado. No entanto, o caso se apresentava com obstáculos. Ela não oferecia a menor oportunidade para uma palestra. Ele, por sua vez, ignorava a situação dela. Casada? Viúva? Solteira? Com família? Sem família? Em que se ocupava? Professora? Talvez professora.

À proporção que o tempo corria, Guedes, de ordinário tão tranqüilo e pausado, sentia crescer dentro dele uma impaciência. Agora forçava os encontros com a vizinha: espiava as suas horas de sair (e ela saía pouco); punha-se à janela; aos domingos ia postar-se perto de D. Teodorinha na igreja. E D. Teodorinha, sempre distraída e severa, parecia ignorar completamente a existência dele.

Uma noite Guedes estava à janela fumando, a olhar o morro de Santa Teresa. D. Teodorinha apareceu. Ele cumprimentou:

– Boa-noite.

– Boa-noite.

Tremeu. A ocasião era admirável para uma palestra.

– Linda noite, não?

– Um pouco abafada.

Excelente. D. Teodorinha estava com boas disposições.

– Entretanto, temos o ar do morro, que é agradável.

– É o que nos vale.

Então discretearam sobre vários assuntos, devagar, docemente. D. Teodorinha ficou sabendo que Guedes era chefe de seção no Ministério da Justiça; que era solteiro; que não tinha parentes no Rio e que à falta de vida mais interessante deixava os dias correrem naquela monotonia sem ideais. Apreciava o seu teatro, o seu cinema, o seu passeio à Tijuca, ao Silvestre, ao Corcovado. Era feliz.

De D. Teodorinha, porém, não soube nada a não ser que tinha parentes no Paraná. A impressão que ela lhe dera fora a de que um drama lhe desmanchara a vida. Um mistério a cercava.

Daí por diante foram-se tornando mais íntimos. D. Teodorinha via que ele era um homem digno, educado, de confiança. Começou a aceitar pequenos presentes: frutas, doces, flores. Três ou quatro meses se tinham passado depois de sua chegada a casa e era perfeitamente natural manter relações amáveis com um vizinho tão considerado como o Sr. Guedes.

De fato, Guedes era muito considerado naquela casa asseada e respeitável da Rua do Riachuelo. Não só por ser o mais antigo morador, como também pela sua conhecida posição no Ministério da Justiça. Ninguém poria reparo ou malícia nas suas relações com D. Teodorinha.

E acabaram combinando morarem juntos.

* * *

Foi numa noite em que ele disse para D. Teodorinha, cada um na sua janela, conforme o hábito:

– Estou sentindo umas dores de estômago.

Passados uns momentos, tornou a queixar-se:

– Estou sentindo umas dores de estômago, D. Teodorinha.

D. Teodorinha inquietou-se:

– Muito fortes?

– Alguma coisa.

– O senhor aceita um chá de macela?

Guedes hesitou, até que se decidiu:

– Aceito, D. Teodorinha.

– Eu vou fazer. Com licença.

E retirou-se da janela. Guedes ficou ali sentindo a poesia da noite de luar. No morro de Santa Teresa havia palacetes iluminados. De umas casas pobres embaixo, vinha a música sacudida e langorosa de um choro. E exclamações malandras, amortecidas na distância:

– Ai, meu nêgo!

– É agora!

– Tô só tirando uma linha...

Guedes não gostava da alegria popular. Também não apreciava aquela música plebéia. Era insensível ao característico e ao pitoresco. Ficou a relembrar, então, enquanto esperava o chá de macela na noite de luar, um concerto a que fora no mês anterior. Guedes adorava os concertos, que freqüentava escondido, a dissimular-se no fim da sala.

D. Teodorinha apareceu de novo à janela.

– Está quase pronto. Quer vir tomar aqui?

Guedes teve um escrúpulo que o seu silêncio confessava.

D. Teodorinha mostrou energia:

– Ora, seu Guedes, venha. Sou uma senhora independente e não preciso dar satisfações a ninguém. Venha. Só lhe peço que não repare na pobreza dos móveis.

Entrando no quarto de D. Teodorinha, sentiu-se passar para um outro mundo; aspirou com disfarçada volúpia o indefinível aroma da intimidade feminina. Pensou em como seria bom sentir sempre aquele aroma, todos os dias: pela manhã, ao sair de casa para o trabalho; à tardinha, voltando para o jantar...

– Sente-se. Não repare em nada.

Ao fundo, o leito estava separado do resto do quarto por um biombo. O guarda-vestidos e o toucador, dos lados, faziam daquele canto como que um aposento separado.

Perto da entrada estava a mesa pequena das refeições, encostada à parede, e coberta com um pano verde, e móveis leves, de bambu japonês: uma mesinha redonda e cadeiras.

Via-se que D. Teodorinha era pobre, mas procurava dar um ar gracioso à sua modéstia. Vasinhos de flores não faltavam, nem aquarelas pelas paredes.

Tudo isso abrangeu o olhar feliz do Guedes, ao sentar-se à mesinha redonda sobre a qual D. Teodorinha pusera a sua fumegante xícara de chá. Confirmava-se a impressão: os vasinhos de cristal, as aquarelas, as mesinhas e as cadeiras de bambu japonês ao centro do quarto eram os restos de uma vida desfeita, a destoar do tom amarelo e intruso dos móveis de aluguel.

E só depois de levar à boca os bordos quentes da xícara de porcelana, Guedes percebeu o motivo de um certo bem-estar, que não era dos móveis, nem do cheiro de intimidade feminina, nem do bom gosto com que D. Teodorinha sabia arrumar o aposento: à meia altura do teto, o abajur verde coava uma quase penumbra deliciosa.

Guedes elogiou D. Teodorinha. Ela era de natural reservada, mas não tímida. Ouviu os elogios em silêncio, como se estivesse convicta de os merecer. Guedes falou-lhe, principalmente, que sempre lhe agradaram muito os modos dela.

Conversaram. Houve um momento em que não se conteve e disse:

— A senhora tem na sua vida uma grande dor.

Ela respondeu simplesmente:

— Tenho. Infelizmente não posso, como era de meu desejo, contar-lhe qual é.

Isso acabou de seduzir Guedes, que então, respeitoso, propôs:

— Vamos casar-nos, D. Teodorinha?

Disse e sentiu o sangue parar. O seu projeto não era propriamente casar. Queria apenas uma moça discreta para com ela viver em boa paz, com doçura. Mas D. Teodorinha surgia-lhe com uma sedução tão profunda e grave, que ele não se atreveria a propor-lhe uma união, simplesmente, nuamente.

D. Teodorinha olhara-o com naturalidade, sem surpresa. Guedes sentiu-se um tanto desapontado. Ela deixou passar uns minutos, movendo a colher dentro do açucareiro, distraída. Por fim, respondeu:

— Sou casada.

E um silêncio alargou-se pelo quarto.

Guedes talvez já esperasse por aquela resposta. A certeza, porém, de que existia um homem que podia entrar ali naquele momento e dizer: "Teodorinha, quem é esse sujeito?", produziu-lhe uma sensação de coisa ilícita.

No silêncio que se fizera, as vozes do choro, nos cortiços de Santa Teresa, cresceram nítidas:

— Aí, seu Barros!

— Tô firme, cabôco!

Guedes bebeu o resto do chá de macela, já frio. Tomou coragem:

— Podíamos esconder-nos aí num canto da cidade, em Paula Matos, ou na Gávea.

— Não seria preciso isso. Meu marido não tem o menor direito sobre mim, nem eu sobre ele. Estamos separados há oito anos. Nem sequer nos queremos mal. Somos dois estranhos. Esquecemo-nos.

Então Guedes, sentindo que achara a felicidade, com a comoção dos homens quando acham a felicidade, abaixou a cabeça sobre a mesa e beijou a mão branca de D. Teodorinha.

* * *

No Ministério da Justiça, Guedes tinha apenas três amigos: o Pires, primeiro oficial, inteiramente calvo, bilioso, carregado de filhos; o Sousa Júnior, rapaz fino, discreto, boa pessoa; e o Caldas, um velho agressivo.

Só um mês depois da sua nova instalação é que fez constar que se casara. Apenas aos três comunicara a verdadeira situação, secamente, sem pormenores:

– Estimo-a como se fosse minha esposa.

Guedes era feliz. Teodorinha mostrava em todas as situações o tato das mulheres que sofreram. Nunca falava do seu passado. Guedes também não tocava nesse ponto. Assim, viviam tranqüilos. Moravam na Avenida Mem de Sá, numa casa nova e pequena perto da Rua do Senado. Teodorinha arranjara tudo com o seu bom gosto encantador. Guedes pensava às vezes, com tristeza, no conforto que perdera não encontrando há mais tempo aquela mulher.

Depois da repartição, voltava para casa com embrulhos. Gozava, intimamente, a sensação do homem que tem o seu ninho secreto.

À noite, quase sempre, iam ao teatro, ou ao cinema.

– Meu bem, para onde nos atiramos hoje?

Teodorinha respondia:

– Para onde você quiser.

Depois, lembrando-se de alguma coisa que lhe dissera a propósito, de manhã:

– Você não falou que tem vontade de ver a peça que estão levando no Trianon?

– Mas acho melhor deixarmos para amanhã. No Central há uma fita alemã muito boa.

Apesar de serem felizes assim, começaram, depois de alguns meses, a sentir necessidade de relações. Haviam combinado, de começo, nunca receber ninguém. Agora, verificavam que era necessário abrir a porta a um ou outro amigo muito íntimo, para distraí-los. Então Guedes propôs experimentar o Caldas.

Caldas, áspero, foi lá jantar um dia. Mas Teodorinha não gostou.

– Não sabe nem tomar a sopa. Pinga-me toda a toalha. Depois espalha cinza de cigarro pelo chão.

Guedes achou razoável aquele escrúpulo, embora considerasse o Caldas interessante justamente por causa da sua inadaptabilidade às boas maneiras.

– No fundo, é um sujeito excelente.

– Mas não tem educação.

Guedes levou depois o Pires com o Sousa Júnior. Dissera-lhes na véspera:

– Amanhã, tenho lá em casa uma peixada para vocês.

Esse amanhã era um domingo. Pires propôs logo comparecer com a mulher e alguns filhos. Sousa Júnior, fino, sorriu da idéia. Guedes opôs-se:

– Minha mulher não está avisada. Além disso, a casa é pequena.

Tratava Teodorinha de "minha mulher", mesmo entre eles, que sabiam da espécie da ligação. E o Caldas sentia naquilo uma vaga ofensa à sua pessoa de homem casado no civil e no religioso.

Foram à peixada.

Pires portou-se de um modo admirável: comeu exageradamente, o que lisonjeou D. Teodorinha; Sousa Júnior, porém, agradou pelos modos discretos. Sabia ouvir as pessoas, sorrindo, com simpatia, atento, mostrando prazer.

– Traga sempre o Sousa. Parece ser um bom rapaz.

– Eu não lhe dizia?

Sousa Júnior ficou sendo o amigo habitual. Estava quase sempre lá. Saíam juntos para o teatro. Pediam-lhe pequenos favores, que trouxesse um livro, ou descobrisse uma receita de doces. E só quando havia peixada convidavam o Caldas ou o Pires.

* * *

Um sábado, à hora do jantar, Guedes, entrando na Casa Carvalho para comprar uns doces, escutou uma voz:

– É o Guedes?

Voltou-se: Peregrino Pereira, seu velho, seu único amigo do colégio, estendia-lhe os braços. Não se viam há muito tempo.

– Há quinze anos, Peregrino?

– Há dezessete, Guedes!

Peregrino chegara do Norte. Era fiscal do Imposto de Consumo. Andava sempre pelos Estados, transferido daqui para lá. Viera ao Rio para apresentar-se ao ministro.

Sentaram-se ali mesmo para o aperitivo. E Guedes, num extraordinário entusiasmo, convidou-o:

– Vai jantar comigo.

– Com prazer, meu velho.

– Sabes que eu casei?

Peregrino estendeu-lhe a mão:

– Toque. É a melhor coisa que um homem pode fazer na vida.

E, em seguida:

– Vou telefonar a minha mulher avisando-a de que não me espere para jantar.

Daí a pouco Peregrino voltava. Tipo simpático. Apenas um pouco ridículo com aquele passinho miúdo, rápido, por causa da sua figura roliça de velho obeso.

– Essa eterna mocidade, hein, Peregrino?

Guedes também foi telefonar a Teodorinha: ia levar um amigo que chegara do Norte.

Depois, tomaram um táxi.

Peregrino, na sala de visitas, gabou imediatamente o bom gosto que havia em tudo.

– Dou-te os meus parabéns. Tens uma esposa de mão cheia.

E, como Teodorinha chegasse, Guedes apresentou:

– Minha mulher, a quem deves fazer os elogios pessoalmente. O meu amigo Peregrino Pereira.

Peregrino riu-se de um modo franco e caminhou para D. Teodorinha com a mão estendida:

– Meus parabéns pelo seu fino gosto, minha senhora. Teodorinha pareceu não gostar daquela maneira desembaraçada, porque custou um pouco em levantar a mão, olhando Peregrino com um indisfarçável pesar na fisionomia.

Guedes interveio:

– Agradeça, Teodorinha.

Peregrino pôs-se a contar casos do Norte. "No sertão da Bahia..." Era um conversador. Guedes sabia que Teodorinha não apreciava aquele gênero de criaturas – e que não era mulher para dissimular a sua impressão. Mas não pudera furtar-se à grande alegria de levar Peregrino a casa. O Peregrino era para ele o ideal do homem: despreocupado, sadio, alegre, expansivo, sempre jovem. Guedes, recolhido, severo, desejava secretamente ser assim. Por isso, desde o tempo do colégio se estimavam. Porque, por seu lado, Peregrino invejava a natureza fechada e silenciosa do Guedes.

Acabado o jantar, em que só Peregrino falou, contando intermináveis acontecimentos do Norte, Guedes quis retê-lo para irem os três a um teatro:

— Não posso. Vocês me desculpem eu sair em seguida ao jantar. Minha mulher me espera.

E, lembrando-se:

— Onde é o telefone aqui?

Guedes apontou o aparelho e Peregrino correu para ele. Pediu ligação para o hotel e chamou a mulher:

— Olha, meu bem, dentro de meia hora eu estou aí.

E, voltando à mesa, onde o café fumegava, aceitou o charuto que o Guedes lhe estendia. Contou ainda um ataque de cangaceiros a uma vila de Alagoas e só depois é que se retirou, com grandes curvaturas para D. Teodorinha.

Então Guedes, que o acompanhara até à porta, perguntou a Teodorinha, regressando à sala de jantar:

— Que tal?

Teodorinha deu de ombros. Guedes insistiu:

— Alma excelente. Há trinta anos que nos damos. Desde a escola. Sempre assim, magnífico.

Peregrino não fizera impressão sobre Teodorinha — notara Guedes durante o jantar. Nem agradável, nem mesmo desagradável, como seria de prever por causa daquele gênio expansivo que o tornava um pouco vertiginoso.

Mas Guedes queria que Teodorinha partilhasse de seu velho afeto e de sua admiração pelo amigo.

— Olha, convidou-nos para almoçar amanhã com ele e a senhora, no hotel.

Nessa altura Teodorinha explodiu:

— Estás doido!

Guedes ficou espantado. E, ela concluiu, raivosa, mostrando pela primeira vez uma vibração que Guedes nunca lhe descobrira:

— Esse homem é que é o meu marido! Arre!

Então Guedes arriou todo o peso do corpo na cadeira mais próxima e apoiou a cabeça sobre a mão direita, com o cotovelo fincado na perna. Esteve não sabia quanto tempo naquela posição, enquanto Teodorinha tirava a mesa. Por acaso, ela deixou cair um prato, que se partiu no chão com um confuso tilintar de cacos. Esse ruído ficou ecoando nos ouvidos de Guedes, longamente...

O PRIMEIRO AMOR DE ANTÔNIO MARIA

– Seu Vieira, venho pedir-lhe para não comparecer amanhã. Gordo, com os braços peludos a sobrarem da camisa arremangada, o Sr. Vieira ergueu os olhos espantados para o caixeiro, demorou-os nele, em silêncio, prolongando o espanto, como a pedir uma explicação.

– É que tenho que tratar de uns interesses de família, umas coisas... Dou-lhe a minha palavra que é por necessidade.

Não era preciso que Antônio Maria desse a palavra. No espanto do Sr. Vieira não ia nenhuma censura a ele. Ia apenas uma grande surpresa. Durante os cinco anos em que vinha prestando a sua colaboração obscura e pertinaz à fortuna crescente de Soares Vieira & Cia., Exportadores, Antônio Maria, caixeiro modelar, jamais faltara um dia, nem mesmo por doença. Não que fosse um tipo sadio. Pelo contrário, era pálido, magro, olheiroso, um pouco acurvado, com um pescoço de cegonha. Às vezes, escrevendo, fazia uma careta, apalpava o fígado, ou o peito, ou então aparecia rouco, tomando a furto colheradas de xarope. No entanto, nunca faltara um só dia. E agora, de súbito, ao fim de cinco anos daquele rigor no cumprimento meticuloso dos deveres, Antônio Maria pedia para faltar – e para faltar no dia seguinte. Devia haver uma razão gravíssima, e o Sr. Vieira não se opôs. Concedia-lhe faltar um dia, dois, três, até mais... Disse isso sorrindo, mas guardando no sorriso, sem querer, a diluída expressão do seu espanto.

– Está satisfeito?

– Muito obrigado – murmurou Antônio Maria passando o lenço pela testa suarenta, angustiada.

Fazia um tempo fresco, sol brando e vento ligeiro a entrar pela janela. Antônio Maria, não obstante, suava. Fizera um esforço inaudito para soltar o pedido, depois de meia hora de uma ronda indecisa em torno da larga mesa do chefe.

Agradeceu mais uma vez, dobrando meio corpo numa reverência desajeitada, e despediu-se:

– Então com licença.

– Venha cá...

Antônio Maria ficou frio. O chefe ter-se-ia arrependido? Iria recusar?

O Sr. Vieira arremangou mais o braço esquerdo e por acaso os olhos do caixeiro pousaram no quase imperceptível traço branco de uma velha vacina. Depois, com a mesma calma instalada, superior, um pouco irônica, o Sr. Vieira arremangou mais o outro braço. Antônio Maria esperava... Por fim, o chefe disse, devagar:

– Seu Antônio Maria: será que você vai casar? Ao menos convide a gente.

Antônio Maria gaguejou umas palavras confusas, atrapalhando-se todo. O patrão pensou: "É de fato um cretino. Não fosse cumpridor dos deveres como é e já estaria na rua. Enfim, eu simpatizo com esta besta." Depois, vendo que o empregado, a passar o lenço pela testa, não sabia o que responder, o chefe teve pena. Deu-lhe um tapa amistoso no ombro:

– Vá, vá-se embora... Tem três dias de licença. Case e seja feliz.

– Perdão... Dou-lhe a minha palavra... É apenas uma mudança, uma instalação de família... Sou obrigado. Sob minha palavra...

– Eu sei... Faça um vale de 50$000... Não será descontado. Vá...

– Obrigado, seu Vieira, muito obrigado.

Passados três dias, Antônio Maria voltou ao trabalho. Aquela ausência fora comentadíssima no escritório. Havia mistério em torno da sua verdadeira razão e isso exasperava os rapazes. Um deles ouvira o chefe fazer a pilhéria do casamento e começaram a insistir naquilo:

– Então, Antônio Maria, casou e nem sequer comunicou à gente?

– Está pálido...

– Com olheiras... Coitado, não vá com muita sede ao pote.

– Precisa entrar agora num regime de gemadas.

Era irritante, grosseiro, insuportável. Ele pedia que o deixassem, que não o aborrecessem, mas era inútil. De vez em quando lá vinha a ferretoada:

– Antônio Maria, vamos parar com isso. Você está um espeto.

Antônio Maria não era simpático aos companheiros do escritório. Devia andar pelos trinta anos, apesar daquele físico de menino e da cara imberbe. Pois com essa idade não se lhe conhecia um amor, um namoro, mesmo uma pândega de uma noite. Antônio Maria era discreto, tímido, desconfiado e refratário a camaradagens. Aos sábados, a caixeirada alegre de Soares Vieira & Cia. reunia-se em bando e ia aos cabarés. Antônio Maria nunca os acompanhava. Tinham querido propô-lo para sócio do Vasco da Gama e ele recusara.

– Você deve remar, Antônio Maria. Criar peito! O que vale na vida é o muque.

Antônio Maria encolhia os ombros. E isso tudo irritava os colegas. Não havia ali naquele escritório ninguém tão impenetrável. Ele era o excepcional, o pretensioso, o sem-amigos... Sim, debaixo dos seus modos vagos de rapaz doentio ocultava-se uma pretensão sem limites. Sem dúvida. Não podia deixar de ser assim – opinava em geral a caixeirada de Soares Vieira & Cia. Hostilizavam-no em pequeninas coisas, por isso. Como Antônio Maria era bom, generoso, sem prevenções contra ninguém, essas hostilidades caíam no vácuo. Ele tinha, além de uma alma simples, a virtude do zelo no trabalho. Era a sua força. Enquanto outros, quando encontravam um pretexto, faltavam ao serviço, ou demoravam-se dias e dias em casa, se enfermavam, ele era impecável. Fosse como fosse, às oito da manhã estava ali na Rua General Câmara, esquina de Primeiro de Março, esperando que se abrisse a porta.

Por todas essas razões, a licença de três dias, que o chefe dera a Antônio Maria, açulara as antipatias contra ele. Depois, sempre aquele mistério, aquele silêncio a respeito da vida particular, que fazia com que os rapazes perversamente lhe atribuíssem viciosas satisfações solitárias.

Antônio Maria manteve a simplicidade quotidiana da sua atitude. Sabia-se apreciado pelos patrões e isso lhe dava um íntimo orgulho. O resto, tolices. Era a vida!

* * *

Daí a um mês, todavia, uma notícia picante circulou entre os rapazes da casa, em murmurações. Um deles vira Antônio Maria, à noite, entrar num cinema do Meyer com uma mocinha magra. Portanto, Antônio Maria andava de amores. E daí por diante foi maior o tormento.

– Como vai madame?

Ele negava tudo. Não entrara em cinema nenhum do Meyer, muito menos com uma mulher. Era invenção do Carlos. O Carlos não tinha o que fazer.

Carlos zangou-se:

– Antônio Maria, você tem coragem de negar?

Antônio Maria corou, titubeou diante do olhar fixo, límpido, do Carlos, campeão de canoa a dois do Vasco da Gama. Oh! estava confirmado tudo! Antônio Maria andava de amores...

– Madame como passa?

Agora, se o encontravam com um embrulho na mão, tarde, ao tomar o bonde, exclamavam:

– Bravos, fazendo o pai de família, hein?

– Beijinhos nas crianças...

De outra vez foi visto num circo da Praça da Bandeira, num domingo. A moça era morena, um pouco avelhentada, mas com uma expressão viva, de malícia, nos olhos inquietos. Fora o Jorge que os apanhara. De propósito, foi dar boa-noite, bem de perto, para fazer sentir a Antônio Maria que desta vez era impossível negar. Jorge ainda ouviu a voz da moça perguntar: "Quem é?" e a dele responder com mau humor: "Um colega de escritório." E por maldade fora sentar-se perto dela, para flertar... E ela flertara com ele.

No dia seguinte, toda a caixeirada de Soares Vieira & Cia., Exportadores, olhava Antônio Maria com sorrisos mais terríveis do que antes. Repetia-se pelos cantos:

– O Jorge flertou com a amante do Antônio Maria num circo da Praça da Bandeira... Hah! hah!

O mistério a desvendar, agora, era o lugar onde Antônio Maria fora esconder o seu primeiro romance. Os colegas andavam farejando, mas foi inútil. Alguns arriscavam:

– Quando é que você nos convida para uma feijoada completa, um domingo destes?

Jorge, então, jurou descobrir onde morava Antônio Maria.

– Juro. Hei de ter o prazer de enganar o Antônio Maria...

– Ele é manso, não será coisa difícil.

Fizeram-se apostas.

* * *

Evidentemente, Antônio Maria estava em *collage*.

Os rapazes viam-no entrar sempre em lojas e fazer pequenas compras denunciantes. Não podia tratar-se apenas de uma namorada, ou de uma noiva, como alguns, por exceção, tinham pensado. Era *collage*.

– Ele ontem comprou xícaras. Eu vi, com estes olhos.

O caso de Antônio Maria foi-se tornando, dia a dia, insensivelmente, um caso importante. Já quase não caçoavam com ele. Antônio Maria fazia-se digno de respeito pela sua admirável atitude indiferente. Em compensação, na sua ausência, combinavam planos. O Jorge, que apostara conquistar-lhe a amante, já afrouxara o compromisso. Queixava-se de que Antônio Maria era invisível. Não aparecia pela cidade com a moça. Ninguém podia saber onde moravam. Tinha tentado segui-lo três vezes, mas Antônio Maria sumia diante dele, sempre.

Até que Pereira, o ajudante do guarda-livros, um que tinha a cara crivada de espinhas e era conhecido em todos os clubes e ruelas da Lapa, chegou uma vez ao escritório com ar melancólico.

– Perdeu esta noite na roleta... – murmuraram. – Levou na cabeça.

– Ó Pereira, estão dizendo que você esta noite levou na cabeça. É fato?

Pereira chamou os companheiros à roda, tomou a atitude de quem vai fazer uma revelação grave e disse lentamente:

122

– Camaradas, estou muito impressionado com uma coisa. Ontem não dei importância, mas agora de manhã vim pensando nela pelo bonde.

– Que é?

– Vocês vão ficar admirados, vão pensar que é pilhéria, que eu estou mentindo, etc.

– Deixa disso, Pereira. Conta.

– Pois bem: ontem fui ao Meyer ver uma criatura. Depois do jantar ela insistiu para que fôssemos a um cinema dali. Fomos. O Antônio Maria estava lá com a amiga.

– Eu já esperava. Quando você falou em cinema do Meyer eu vi... ia aparecer o Antônio Maria...

– Mas, esperem, o melhor é agora. Vocês sabem quem é a amiga do Antônio Maria?

E suspendeu.

Aí, a roda toda apertou-se mais em torno de Pereira, numa curiosidade que palpitava nos olhos. Pereira ficou um momento em silêncio, dominando, e respondeu ele mesmo:

– Uma femeazinha que eu conheço muito da Lapa.

– O quê, seu Pereira?

– Da Lapa?

– A Chiquinha Mineira, apenas. Do 59 da Rua Joaquim Silva.

– A Chiquinha Mineira? Do 59? Conheço! – exclamou um, no meio do espanto geral.

– Pois é ela.

Ficaram a olhar-se uns aos outros com vontade de rir, ao mesmo tempo que uma comiseração irresistível, misturada de respeito, dominava-os sem querer. Pereira concluiu:

– Vejam vocês que caso doloroso o do Antônio Maria... A gente aqui intrigada – tratava-se simplesmente da Chiquinha Mineira...

Jorge então afetou atitudes:

– Nesse caso vocês desculpem, mas eu desisto de enganar o Antônio Maria...

Pilheriaram:

– Não, senhor, as apostas estão de pé... Ou você cava a Chiquinha Mineira ou paga os vários jantares e vários almoços que apostou com a gente.

Nesse momento Antônio Maria passou por ali. Percebeu, pelo agrupamento e pelo silêncio que se fez, súbito, que se tratava dele. Cumprimentou com a costumeira indiferença, aquela indiferença humilde que desconcertava aos espertos rapazes de Soares Vieira & Cia., Exportadores. Um deles lançou:

– Então? Quando teremos o bebê?

Antônio Maria sorriu sem responder e desapareceu numa porta.

O Chiquinho, um pequeno pálido, de cara cínica, voltou-se para Jorge:

– Como é, comandante, o meu almoço?

Pereira também atacou o colega:

– Pois é, Jorge, ou você se atira para cima da Chiquinha, ou paga o pirão para a rapaziada.

Jorge, 2º secretário do Centro Dançante do Estácio, sentiu que ia brilhar:

– Pago.

* * *

Algumas semanas passaram e o caso de Antônio Maria ficou sendo, nos escritórios de Soares Vieira & Cia., um caso banal. Toda gente sabia que ele vivia com uma mulher e que essa mulher era a Chiquinha Mineira. Naturalmente, ninguém era capaz de grosseria maior que as insinuações habituais. Sabia-se, aliás, que o Sr. Vieira, recentemente, dissera a alguém:

– Eu acho o procedimento do Antônio Maria muito nobre. Quanta gente por aí não tem feito o mesmo e é hoje feliz? Da lama, às vezes, saem excelentes criaturas. Deixem o Antônio Maria viver como entende. Bom rapaz!

A apreciação do chefe correu pelo pessoal da casa. Em torno de Antônio Maria adensou-se o respeito. Aquele magricela, pescoço de cegonha, olheiroso, amarelado, que em cinco anos só uma vez faltara ao serviço, fora buscar, para fazer o seu ninho, uma mulher da Lapa...

A preocupação de saberem onde ele morava desapareceu. Agora estavam mais ou menos a par de tudo. Morrera o interesse das indagações. Morava lá pelo Meyer, talvez; ou ali pelas imediações do Morro do Senado... já se sabia que era com a Chiquinha Mineira. Isso era o principal. Bastava.

E uma tarde espalhou-se que Antônio Maria ia partir para Barbacena. Era lá que vivia a família dele. Antônio Maria, por causa da enfermidade de um parente, passaria em Barbacena duas semanas. Quiseram saber:

– Quem é que está doente na sua família?

– Um menino, meu sobrinho.

– Ah!

* * *

No fim das duas semanas, Antônio Maria escreveu ao chefe pedindo mais quinze dias. O Sr. Vieira concedeu.

– Vocês acreditam nessa história de doença na família do Antônio Maria? Ele foi mas é passar a lua-de-mel em Barbacena.

– Como é, junto da família? Seria um escândalo.

– Vocês estão comendo mosca: o Antônio Maria já está é casado com a Chiquinha Mineira. Senão ele não iria.

Outro observou:

– O fato é que depois do aparecimento da Chiquinha Mineira na vida do Antônio Maria ele mudou bastante.

– Realmente.

– Digam o que disserem: ele já não é o mesmo no serviço. Já não tem o mesmo capricho.

– Mulher na vida da gente é assim – comentou Carlos, o campeão de canoa a dois.

* * *

No escritório de Soares Vieira & Cia., Exportadores, não havia férias para os empregados. Era muito raro alguém obter ali uns dias de descanso. Por isso a viagem de Antônio Maria despertara um ciúme irreprimível.

Ao termo das duas novas semanas de licença, o chefe recebeu outra carta do caixeiro: precisava de mais um mês, agora desistindo mesmo dos vencimentos, sendo necessário. O parente estava à morte. A mãe rogava-lhe pelo amor de Deus que não voltasse ao Rio naquele momento, que esperasse umas melhoras do doente. Ele sentia mesmo que o seu dever era ficar, ainda que com risco de desmerecer na confiança da casa e perder o lugar.

Desta vez o Sr. Vieira aborreceu-se. Sabia que o pessoal do escritório andava furioso com a ausência de Antônio Maria, atribuída à lua-de-mel, e temia que outros quisessem aproveitar-se do precedente para pedir licenças também. Seria a indisciplina. Mas o Sr. Vieira simpatizava com Antônio Maria por causa daquela sua virtuosa aplicação aos deveres.

Não teve coragem de mandar dizer-lhe que a licença estava acabada. Demais, tratava-se mesmo de um caso de doença. Antônio Maria não era mentiroso. E telegrafou ao empregado que ficasse o tempo que quisesse, com ordenado e tudo.

Mas, dentro daquela mesma semana, inesperadamente, Antônio Maria apareceu de luto no escritório. Chegara, na véspera, à noite. Os colegas fizeram-lhe uma acolhida afetuosa, tocados de pena. Antônio Maria não mentira.

– Então morreu o seu sobrinho?

– Morreu.

– Coitado! De quê?

Antônio Maria deu com o indicador umas pancadinhas no peito, para mostrar que a moléstia fora a tísica. Disseram-lhe palavras consoladoras. Depois, para desviarem do assunto, que era aborrecido, pediram notícias da viagem.

– Como deixou Barbacena?

– Muito bem.

– Você é mesmo de Barbacena, Antônio Maria?

– Sou.

– Ah! conheci um rapaz de lá.

Como o chefe chegasse nesse momento, Antônio Maria, sorrindo com doçura, foi apresentar-se a ele:

– Seu Vieira, Deus lhe pague...

– Qual! E que é isso? Luto? Morreu o menino?

– Entraram para o gabinete. O Sr. Vieira pôs-se a tirar o paletó e o caixeiro explicou:

– Infelizmente, seu Vieira.

E ficou silencioso. O chefe depôs o paletó no cabide:

– Pois lamento, rapaz. Quantos anos tinha o seu sobrinho?

Antônio Maria esteve um instante sem responder e disse de repente, num arranco:

– Bem, seu Vieira, ao senhor eu conto: quem morreu foi minha irmã, aquela moça que eu tinha recolhido.

– Hein?

– O senhor deve ter ouvido falar... Era o assunto predileto do pessoal aí dentro...

– Uma com quem você vivia?

Antônio Maria teve um riso contraído de angústia:

– Eles aí dentro pensavam... pensavam que fosse amante... Era minha irmã, que tinha fugido de casa há quatro anos e eu fui encontrar por acaso, na Lapa, no meio daquela gente... Coitadinha, estava já tuberculosa. Levei-a para Barbacena, para a casa da tia que nos criou, para ver se ela melhorava. Mas já estava muito adiantada, seu Vieira.

Acanhado, recuando para a porta, Antônio Maria disse para o chefe, que o contemplava de sobrolhos franzidos, imóvel na cadeira:

– Desculpe recomendar-lhe: isto fica entre nós, seu Vieira.

E saiu.

UMA NOITE DE CHUVA
OU
SIMÃO, DILETANTE DE AMBIENTES

Má experiência. Eu descera as escadas do Clube dos Aliados, onde perdera duzentos mil réis na roleta, e olhava, aborrecido, a chuva cair na rua deserta, negra. Derame assim um desejo súbito de passar um quarto de hora numa baiúca; então procurara aquele clubezinho reles da Lapa. Agora um arrependimento enraivecedor me fazia subir o sangue à cabeça, em mil projetos de reivindicação honesta daqueles duzentos mil réis.

A última vez que eu visitara minha mãe, em Iguape – porque eu sou de Iguape –, ainda ela me dissera, com um sorriso magoado:

– Não trouxe nenhum presentinho para sua mãe... Deixe estar...

E fora perder duzentos mil réis para os capadócios do Clube dos Aliados! Eis aí no que dava a minha mania de ambientes.

Táxis, na porta do clube, esperavam fregueses. Vendo-me parado, a escolher destino, com um ar de lorde perdulário (o ar com que todo pobre diabo sai de um clube), os choferes me acenavam, oferecendo as máquinas. Superior, acendi um cigarro e toquei a pé sob a chuva.

Deu-me vontade, então, de passar pela Rua Morais e Vale. Uma rua de mulheres perdidas, numa noite de chuva, é triste, infinitamente. Poças de água refletem os lampiões. Trechos de cantigas saem pelas gretas das venezianas cerradas. Não se vê ninguém. Apenas, vago, o vulto do guarda rondante, representante sonolento da lei.

– Ora, vamos, Simão!

Assim falei a mim mesmo, vencendo a última hesitação da virtude. Eu não ia comprometer a virtude, entretanto. Era apenas a satisfação de um capricho da sensibilidade. O ambiente, queria o ambiente.

– Boa-noite!

– Boa-noite.

Um conhecido. Exatamente quando menos se espera, numa noite de chuva, ao virar uma esquina de rua viciosa, surge o contratempo fatal: o conhecido, o conhecido que nos vê, nos cumprimenta, faz um ar camarada e passa. Quem? Um sujeito com quem temos relações apenas de vista e cuja única função na vida parece ser essa: aparecer assim. Um sujeito que existe somente para aborrecer-nos.

– Sssssiu...

– Ó beleza!

As primeiras portas misteriosas. Principiei a sofrer. O amor... Dentro de mim começou a estranha sensação pungente. Ninguém podia adivinhar, na minha sombra, uma dor ambulante, a dor especial e saborosa de sentir o ambiente.

A rua estendeu-se, dobrada a esquina. Deserta, naquela noite. Passava de duas da manhã e poucas mulheres ainda havia disponíveis, atrás das janelas, à espera. Pela calçada, nem mesmo um marinheiro japonês. Será que muitos homens pensam às vezes, como eu, nos marinheiros japoneses que desembarcam, cheirando a suor e a óleo, e vêm por aqui, em grupos, metendo o nariz nas casas, procurando, escolhendo? Oh! que desgraça imensa a destas mulheres!

Plaf, enfiei os pés num buraco cheio de água. Bonito! É o resultado de andar distraído, a fazer reflexões piegas.

Ia apanhar um resfriado. Não, não; havia um recurso: o botequim da Rua Joaquim Silva estava aberto, graças a Deus. Tomaria um cálice de conhaque. Apressei o passo para reagir contra a friagem.

– Simão!

Simão? Uma mulher chamara Simão!

– Ssssssiu! Venha cá, Simão, não se faça de besta.

Não havia dúvida: tinham chamado por mim. Voltei, procurando ver de que janela partira a voz desafinada. (Nossa Senhora, como era possível que alguém me conhecesse naquela rua?)

– Ó seu coisinha, entra aqui.

Uma porta abriu-se para mim. Do escuro uma cabeça me acenava, com ar de mando. "Coisinha!" Era extraordinário.

Parei, indeciso.

– Já se esqueceu, hein? Entre aqui.

Entrei. A mulher trancou a porta atrás de mim.

– Suba, Simão.

Subi a escada meio às escuras. Parecia-me um sonho.

– Como vai D. Candoca?

D. Candoca! O nome de minha mãe às duas horas da manhã numa casa da Rua Morais e Vale! Ah! Simão, diletante de ambientes!

Ela subira atrás. No patamar, voltei-me. A luz do quarto, com a porta escancarada, incidiu sobre um rosto bexigoso de mulata: Maricota!

– Você aqui, meu Deus?

– Não, ali na esquina – escarneceu ela.

Uma comoção profunda me pungiu. Tive vontade de chorar. Maricota...

– Você está homem, hein?

... a Maricota daquele doce tempo, quando eu usava camisola...

– Todo elegante, Simão. Hum, hum!

... que dormia no meu quarto, junto à minha cama, porque eu tinha medo do invisível e da escuridão...

– Não fala nada? Está mudo?

... do tempo de meu avô, que me mandava com ela à venda do seu Hilário, para impor certo respeito aos homens...

– Bom, se você está disposto a não conversar, então vá-se embora. Perdeu a língua?

Fiz o gesto de recuar. Maricota agarrou-me pelo braço e empurrou-me para o quarto. Deu uma ordem:

– Sente aí.

Apontava a cama. A colcha branca estava amarfanhada. Manchas de terra acusavam contatos de botas. No criado-mudo, uma nota de cinco mil réis atirada. Pontas de cigarro espalhavam-se pelo chão.

– Sente! Está com luxo? Bom.

Preferi sentar em cima da mala, que um pano de crochê cobria.

– Maricota, sinto-me abalado com a surpresa.

– Estou vendo.

– Que é feito de você, neste tempo todo?

– Ora, se eu fosse contar!

– Há quantos anos, sim senhora! Quantos mesmo?

– Ué, conte pelos dedos.

Contei pelos dedos, como ela aconselhava por ironia: um, dois, três, quatro... doze.

– Doze anos! Como é que você me reconheceu?

– Ora, eu criei você, Simão. Me dá um cigarro?

E concluiu com simplicidade, escolhendo um cigarro na minha carteira:

– Você passou, olhou do lado da minha porta e eu

pela fresta reconheci logo. Mas fiquei pensando: será? Não podia deixar de ser: o mesmo focinho! Está'i.

Pedi a Maricota que me abrisse um pouco a janela. O quarto estava abafado. Um cheiro de roupa suja e de água-de-colônia de turco impregnava-me as narinas.

Maricota sentou-se na cama e ficou me olhando, a fumar.

– Você não envelheceu, Maricota.

– Não pouco!

– Não mesmo.

Não envelhecera. É verdade que perdera a frescura da primeira mocidade, quando, com a sua carne dura e flexível de mulatinha nova, ao passar vincava um silêncio intencional nos grupos da porta da venda. Só o que sempre a enfeara um bocado eram aquelas marcas de bexiga. Porém, não envelhecera: encorpara. Ficara madura, com adiposidades fofas de vida ociosa.

– Você casou, Maricota?

– Qual casar! Com aquele porqueira?

Ela fugira da nossa casa com um barbeiro chamado Malaquias. Malaquias tocava violão, cantava modinhas e possuía um cacho grosso na testa. Quando Malaquias fazia serenata em nossa rua, Maricota saía do quarto pé ante pé e ia para o muro do jardim. Uma vez desapareceram. Meu avô ficou três dias com uma veia querendo rebentar na testa, latejando forte. O Major Rabelo, que era o Delegado de Polícia, desenvolveu toda a sua atividade para descobrir os fugitivos. Porém, o sargento do destacamento era primo de Malaquias e desconfiou-se de que estivessem conluiados. E nunca mais se soube de Maricota, nem de Malaquias.

– Nós pensávamos que o Malaquias tivesse casado com você...

– Um vagabundo daqueles? Deus me livre.

– Então você se arrependeu do passo...

Fez um muxoxo, com o beiço grosso.

– E há quanto tempo você anda nesta vida?

Maricota sacudiu os ombros, as pernas esticadas, os olhos fitos na ponta das chinelinhas.

Começou a fazer perguntas por minha mãe, por todos de casa. Teve tristeza quando soube que meu avô morrera.

– Coitado! De quê?

– Coração.

Deu outro muxoxo. Abanou a cabeça com filosofia:

– De uma coisa ou de outra a gente tem de ir mesmo.

Mudou o curso das idéias e perguntou de golpe:

– Você está empregado aqui no Rio?

– Estou estudando.

– O quê?

– Medicina.

– De muito estudar é que os burros morrem.

Riu-se. Houve uma pausa.

– Por que não se emprega? Há tanto médico!

– Não faz mal.

– Hum, hum! Está adiantado? Quando se forma?

– No ano que vem.

– Já?

– Já.

Depois, mudando de tom:

– D. Candoca está muito velha?

Insistia no nome de minha mãe. E eu tinha sempre a impressão, ao escutá-lo, dito por aquela boca e naquele quarto, de ver uma flor arrastada por um esgoto.

– Responda, Simão! Ficou mudo outra vez? Porqueira!

– Está moça ainda, Maricota. Está moça.

Levantei-me. No meu coração aquele cinismo, aquelas maneiras obscenas, aquela definitiva decadência doíam como uma machucadura.

134

– Espere mais um pouco, Simão.

– Tenho pressa.

– Quer dizer que a francesa está te esperando.

– Qual!

– Se passar da hora, leva uns tabefes. Gigolô!

– Ora! Não tenho francesa nenhuma. Vou dormir, é que é.

Eu estava numa impaciência atroz. Agarrei o chapéu. Que nojo! E que angústia!

– Conte mais alguma coisa do povo lá em Iguape. Vocês ainda moram na mesma casa? Às vezes tenho saudades.

– Moramos.

As paredes estavam cheias de cartões postais e retratos, como escudos numa sala de armas. No espelho do lavatório, na fenda entre a moldura e o vidro, Maricota enfiara mais retratos, mais cartões. Aproximei-me para ver: um sargento da Brigada Policial, mulato, de bigode agressivo; um instantâneo de piquenique, numa praia, com mulheres e homens exibindo garrafas, em triunfo; um "Boas-Festas e Feliz Ano Novo", em letras douradas, cercando um par de noivos a beijar-se; uma negra de vestido curto, de braço com uma sujeita branca, esta de cabelos cortados, muito gorda, monstruosa, como uma sapa; uma criança de colo, espantadinha, sentada sobre uma almofada, olhando a objetiva sem compreender; e outras lembranças, de amigas, de capadócios, de domingos de festa, de coisas tristemente banais.

Um pedaço de sabonete de coco jazia no mármore do lavatório, atirado. Uma abotoadura de homem ficara esquecida. As peças de louça estavam arrumadas sobre paninhos de crochê com fitas vermelhas.

– Maricota, adeus.

– Tá bom, adeus. Apareça pra conversar.

– Está direito.

– Eu quase nunca paro aqui. Passo uns meses no Rio e moro o resto do ano em Taubaté. Sabe, Taubaté. Tenho lá um português. Ainda não faz três semanas que cheguei e ele já me escreveu.

– Paixão é uma coisa séria, Maricota.

Meu desencanto era tão doloroso que me pus a dar conselhos fingidos, mascarando o sarcasmo com um tom de prudência:

– É, Maricota, paixão é uma coisa séria. Tome cuidado com esse português. A gente lê sempre tantos crimes nos jornais!

Caminhei para a porta. Maricota então levantou-se da cama, procurou a caixa de fósforos e acendeu um novo cigarro que a envolveu de fumaça, sufocando-a, fazendo-a franzir o nariz. Estendi a mão para ela...

– Adeus...

– Adeus, Simão.

Pôs-se a rir.

– De que é que você se ri?

Sacudia-se toda, numa violenta expansão. Parecia que estava sob a obsessão de uma idéia comicíssima.

– Vá, Maricota, explique o que é isso.

Ela pode falar, afinal:

– Você se lembra daquelas nossas maluquices, de noite?

Senti-me envergonhado pela evocação.

– Você era danadinho, Simão...

Eu tinha apenas nove anos naquele tempo... Não sabia o que fazia. Despudorada, Maricota vinha reabrir agora o esquecido cofre das minhas lembranças de pequeno Stendhal iguapense. Oh! o balbuciar do instinto, as ansiedades vagas, os gestos vagos da meninice intuitiva! Todos os homens da cidade provocavam Maricota. Buliam com ela, quando passava. Era uma atmosfera ardente em torno da minha pajem. Só eu, porém, conhecia a sua cálida nudez de chocolate, só eu conhecia o cheiro excitante, inexplicavelmente excitante, que vinha daquele corpo. Como o escuro me fizesse medo, muitas noites eu descia da cama e pedia para dormir junto dela. Ficava acolhido, confortado, sob o peso dos braços grossos que me envolviam. Tinha a sensação confusa de que aquele enorme volume de carne quente encerrava uma coisa desconhecida para mim, exercia uma função que escapava ao meu entendimento, mas que o meu sangue agitado queria adivinhar. Maricota então apertava-me, beijava-me. No silêncio da casa adormecida, minhas pequeninas mãos apalpavam-na toda, surpresas com os recantos úmidos que encontravam no seu corpo.

— Não vá cair na escada.

— Não há perigo.

— Então boa-noite, Simão. Apareça.

— Sim, Maricota.

Abriu-me a porta. Saí para o ar gelado da noite. — Até outro dia, Maricota.

— Quando escrever para D. Candoca, dê lembranças minhas.

Ah! isto era o cúmulo! Segui tonto. Dei um esbarrão num preto que vinha pela calçada. Eu ia como que bêbedo. Dentro de mim havia mágoa, saudade, pena, revolta... A vida!

Um frio ganhava-me as pernas, endurecendo-as. Lembrei-me então de que tinha os sapatos encharcados. Bonito! Agora não escapava. Ia apanhar um resfriado! Belo negócio.

Rápido, entrei no botequim. Cheguei ao balcão e pedi um conhaque. O garçom foi ao armário e tirou a garrafa: ia já me servir quando, picado por um desejo novo, suspendi a ordem. Hesitei comigo...

— Não há um reservado aqui?

– Ali no fundo, por aquela porta. Quer que o sirva lá?

Hesitei mais... Enfim, aquela noite estava mesmo perdida para a retidão e a virtude. *Símilía similíbus curantur.* O ambiente do botequim (decerto havia bêbedos no reservado) ia fazer-me bem. O meu acabrunhamento pedia álcool, álcool...

– Leve lá a garrafa.

E embarafustei pela porta do fundo.

O EGOÍSTA

Participo-te o meu contrato de casamento.

Inácio esboçou um vago sorriso e falou com pena:

– Parabéns...

Aquele sorriso feriu-me. Os parabéns, na boca irônica de Inácio, esbatidos numa reticência, magoaram-me. O que o Rio fizera de Inácio!

Quase todas as noites, ali naquele bar, eu encontrava Inácio Gomes, médico, rico, inútil, diletante da ciência, diletante das mulheres, diletante da vida em geral. Sua companhia só me era agradável por um quarto de hora – o quarto de hora do chope, às onze e meia.

Nesse tempo eu estava namorando Carlotinha Novais. Tendo-a pedido agora, marcara o casamento para dezembro. Iríamos passar a lua-de-mel em Buenos Aires. Depois, provavelmente, daríamos um pulo aos Estados Unidos.

– É idiota esse teu sorriso!

Então Inácio abriu a boca enorme numa gargalhada, achando ridícula a minha sensibilidade.

Dessa noite em diante evitei-o. No entanto, Inácio descobria-me e carregava-me para o bar. Divertia-se com o espetáculo do meu sincero amor.

Eu achava em Inácio Gomes o encanto das coisas detestadas. Ele encarnava aos meus olhos a mesquinharia dos falhados do sentimento. A sua fortuna nunca aproveitou a ninguém. Nem a sua inteligência. Nem a sua alma. Fazia viagens curtas à Europa com orçamentos minuciosos. (Sabia dos hotéis onde se pagava um franco de menos na diária.) Possuía livros ótimos nos quais ninguém punha as mãos. Separava, todos os meses, "uma verba de duzentos mil réis para o amor".

– Eu amo a preços módicos – acrescentava.

E, ainda por economia, morava com uns tios riquíssimos, dos quais esperava herdar.

Diante dele eu pensava, involuntariamente, em tantos homens que, não sendo ricos, nem tendo poder, movimentam as forças sociais, para o proveito de todos. Por exemplo, o criado que nos servia o chope. Estava destinado a ser um deles. Uma vez nos confiou que andava juntando dinheiro para montar uma padaria no Meyer. Quantas conseqüências, úteis a muitas pessoas, não adviriam disso!

Inácio, no entanto, era de um egoísmo atroz. E de uma avareza! Se eu precisasse de dez mil réis... Ora, não há a menor dúvida: o criado é que me emprestaria. Aliás, eu é quem pagava o chope todas as noites.

É lógico: Inácio tinha horror ao casamento.

– Meu ideal é ser eternamente solteirão. É delicioso chegar à noite em casa, tomar um banho morno, vestir um pijama e ler os jornais, sozinho, quieto, numa larga cama, sem uma mulher que incomode, que faça queixas, que peça dinheiro para o dia seguinte.

Não lhe falassem do carinho de uma criatura constante. Ele aborrecia-se com a perspectiva da constância...

Defendia idéias estúpidas e canalhas.

– A mulher, numa sociedade ideal, deve ter por função dar filhos ao Estado. O Estado manterá as mulheres fecundas. As que forem estéreis terão outra função. Função ainda mais importante!

Tenho lido e escutado muita coisa imbecil a respeito da mulher. É mesmo um dos assuntos prediletos dos chamados "homens de pensamento". A mulher é isto, a mulher é aquilo... Não sei se é porque não sou homem de pensamento, o caso é que nunca me ocorreu nenhum conceito genérico sobre ela. Diante de uma mulher eu sinto, sinto apenas, não penso. E sinto simpatia, ou desejo, ou veneração, ou indiferença. Minha pobreza mental não me permite o vôo luminoso das reflexões. Essa mediocridade, porém, me põe ao abrigo de filosofar, ou de propor sistemas sociais.

Creio, também, que é porque as mulheres têm tomado muito o meu tempo que ainda não me sobraram vagares para pensar nelas.

* * *

Não me casei em dezembro.

E o aparecimento de Sônia Marozoff, datilógrafa russa, foi um capítulo novo da minha existência de pequeno engenheiro.

Eu fora convidado para trabalhar numa estrada de ferro no sertão da Paraíba, e Carlotinha Novais, que é muito elegante, achara o sertão da Paraíba desagradável para a sua pessoa morar.

Aí surgiu Sônia Marozoff, bela e fatal. Exatamente como as russas de romance. Surgiu e absorveu-me.

Ao contrário de Carlotinha, Sônia sonhava com o sertão da Paraíba. Queria ir comigo. Tinha a avidez do desconhecido. Imaginava que veria tigres, leões e elefantes. E eu era obrigado a reduzir os seus sonhos às nacionais proporções de uma onça pintada.

Sônia Marozoff era deliciosa para um engenheiro no começo da carreira. Tinha a coragem do sertão.

Não era possível outra conseqüência: mandei uma carta a Carlotinha Novais, explicando as incompatibilidades presentes e irremovíveis das nossas pessoas: ela, tão carioca, tão adoravelmente elegante: eu, na iminência de desterrar-me num mato longínquo do Nordeste, homem do pesado...

Dias antes de embarcar encontrei Inácio.

– Participo-te que desmanchei o casamento.

Pensei que fosse abraçar-me por aquele ato que, na aparência, me incorporava derrotado às suas idéias.

Apenas sorriu com um leve desdém.

– Não importa. Você não escapará. Nasceu para o casamento.

Irritei-me, no íntimo. Como que ele adivinhava a idéia que começava a trabalhar-me no cérebro!

De fato, não posso compreender a vida de um homem sem a dedicação sistemática da mulher amada. Entretanto, ele dizia "Para o casamento", como se a tendência honesta para a vida conjugal representasse uma inferioridade humilhante.

Inácio Gomes possuía-me. Parecia saber do meu segredo. Sim, eu estava tonto, ébrio de Sônia Marozoff. Não podia mais aceitar a existência sem ela. Daí ao casamento era um passo...

Nessa noite a linha que me separava de Inácio vincou-se mais. O homem que desvendou o mistério da nossa alma é nosso inimigo. Porque é um perigo... Não podemos iludi-lo. E não toleramos não poder iludir alguém.

Inácio contou à minha indiferença os seus novos projetos. Deixara a casa dos tios que, ultimamente, lhe censuravam as extravagâncias. Comprara um bangalô em Copacabana, pequeno e confortável. Instalara ali os seus livros, as suas poltronas de couro e uma velha alemã para o governo da casa. Estava, agora, perfeitamente à vontade. Como era agradável a vida!

* * *

Sônia Marozoff foi comigo para a Paraíba, desprezando as ultrajantes e descaradas propostas que lhe vinha fazendo, por carta, um sujeito que parecia ser o rico proprietário de um cinematógrafo.

Sônia tinha no sangue a aventura. E era honesta, ainda que tanta gente, da raça numerosa dos Inácio Gomes, não possa conceber a honestidade numa datilógrafa russa.

Não ficamos ricos como esperávamos. Apenas, após dois anos de construção de caminhos de ferro, sem caçadas de onça nem proezas, regressamos ao Rio, com Casimiro Nicolau nos braços, coradinho e gordo, alimentado pela teta eslava de Sônia, minha mulher.

Eu viera principalmente tentado pelo oferecimento de montar uma usina elétrica no Paraná. Acenavam-me com um contrato excelente.

De novo no Rio, verifiquei quanto estava mudado. Sim, eu nascera mesmo para o casamento. Não senti mais a tentação da vadiagem noturna...

Não obstante, uma noite deixei-me levar pelo desejo de uma meia hora de música e chope no velho bar do antigo hábito.

E Inácio Gomes ali estava, no mesmo lugar, com o mesmo jornal aberto diante dos olhos, com o mesmo chapéu e a mesma bengala atirados na mesma mesa.

Não demonstrou o mínimo espanto. Nem pelo meu bigode crescido ao sol do sertão. Como se me houvesse deixado na véspera.

Fez-me um aceno para que ocupasse a cadeira vazia a seu lado.

E sentei-me.

* * *

Aventura de um patifão. Inácio confessou com simplicidade, quase com candura, que de fato não se podia conceber maior canalhismo que o seu.

A moça era viúva. Todas as manhãs Inácio saía de casa para ir à cidade, onde costumava almoçar, por não ter outra coisa que fazer... (Inácio tinha um consultório, onde não apareciam clientes, à Rua da Assembléia. À porta havia uma placa: Dr. Inácio Gomes – Médico. A função única desse consultório resumia-se na única função de um divã.) Ao ver aquele senhor de aparência séria, sempre bem vestido, com uma obesidade próspera esticando-lhe o paletó, seu coração de viúva tinha um doce pulsar.

Em suma, Inácio Gomes seduziu-a. Seduziu-a pela seriedade, pela compostura, pelos sonhos honestos que a sua pessoa inspirava a um coração de viúva.

Miloca morava com o pai e uma irmã casada, mais moça. Tiveram que usar de muita decência no namoro para evitar más interpretações.

Um dia, no consultório, Miloca surgiu acabrunhada:

– Inácio, estou grávida.

Inácio, refestelado no divã, sentiu um susto frio. Seria possível? Então, um ódio cresceu nele contra a fecundidade inoportuna de Miloca. Ele, um homem que amava a liberdade, pai! Pai! Acusava Miloca de uma traição.

– Você é a culpada! Você mesmo quis o filho para me prender! Mas é trabalho perdido. Sou inimigo do casamento!

Levantou-se agitado, indo de um extremo a outro da sala.

Então Miloca, muito vermelha de vergonha, caiu chorando numa cadeira e falou entre soluços:

– Pois ... pois eu vou mostrar a você... a você... que não fui eu que quis ... Eu vou abortar... Eu vou a uma... a uma parteira...

Inácio Gomes parou abalado. O último número do *Mundo Médico* trouxera um artigo seu sobre os profissionais do aborto provocado. Ele fazia um erudito estudo comparativo... Falava da Inglaterra, da Alemanha, da Itália, da Rússia, da França, da Espanha, de Portugal, mencionando casos, providências de governos e a guerra movida aos assassinos. Acabava chamando a atenção do Congresso Nacional, com ênfase.

Estava aterrado. Miloca sacudia-se em soluços desesperados.

– Vou sim... Hei de mostrar a você que sou sincera... Não quero o seu mal...

Inácio Gomes deu-se por vencido; não havia outro meio de escapar à situação senão o aborto.

Teve repugnância de matar o filho... (E Inácio confessava essa repugnância, meio envergonhado de senti-la. Para ele um homem forte não tem repugnâncias.)

Resolveram ir a uma parteira que a polícia ameaçara prender, dias antes, invadindo-lhe a casa. Pela reportagem dos jornais tinham ficado sabendo do endereço.

Miloca saiu de lá, de táxi, para a sua casa de Copacabana. No dia seguinte estava morrendo.

A irmã de Miloca mandou a criada, de manhã cedo, bater à porta de Inácio. Que ele fosse depressa.

Miloca estava com febre álgida. A infecção processava-se, violenta.

O célebre Professor Bertoldo, que Inácio chamou, teve uma opinião vaga. Sacudiu a cabeça, com dúvida.

A família, em círculo, palpitava de angústia, com os olhos nele. Sacudiu a cabeça outra vez... Era preciso esperar.

Vendo que Miloca morria, Inácio Gomes, agoniado pelo terror da possível denúncia *in extremis*, reuniu a família toda e prometeu, solenemente, que, se Miloca se salvasse, casaria com ela. O pai, velho e silencioso, aprovou com uma inclinação da testa. A irmã chorava de pena e chorava de ternura, vendo que, se Deus quisesse, um futuro bonito se abria para Miloca... O cunhado, um moço com cara de tísico, desconfiara daquela moléstia súbita e nada dizia.

Por desencargo de consciência, Inácio foi buscar outro colega. Esse era um companheiro de turma, bonacheirão, sem nome científico, que exercia clínica nos subúrbios. Inácio confiava em que, morrendo Miloca, como era fatal, ele lhe passasse o atestado de óbito, silenciando sobre o crime.

O colega foi. Viu Miloca, examinou-a cinco minutos e receitou. Saiu logo. Tinha ainda que ver uma pobre mulher em Cascadura.

Um mês depois o célebre Professor Bertoldo, ao tomar um bonde, abriu os olhos de espanto.

– Boa-tarde, minha senhora!

Miloca ia tranqüilamente para a cidade, saudável e risonha.

Habituado à formosa sutileza dos raciocínios, Inácio, na aflição mais lamentável, resumia para si mesmo o caso:

– Quero casar? Não. Devo casar? Sim. Logo, casarei.

E pôs-se a freqüentar cabarés, para aturdir-se. Mas a questão o atormentava:

– Não quero. Se não quero, não caso. Porém, devo. Se devo, caso.

Miloca era uma moça modesta, viúva de um relojoeiro falido. Não tinha instrução, nem horizontes. Seria um horror a vida em comum com ela – pensava Inácio. Não estava à altura de sua vasta biblioteca. Inácio Gomes sofria.

Amarante, que tinha uma farmácia na Rua Nossa Senhora de Copacabana, salvou-o.

146

Era também solteirão. Todos gostavam dele no bairro, porque dava remédio aos pobres e atendia os ricos com uns modos amáveis. Tinha os seus quarenta anos e no bairro vivia há mais de dez.

Na sua crise de consciência, Inácio abriu-se com Amarante. Contou-lhe, muito em segredo, a ligação com a viúva, o aborto, a infecção, a promessa sagrada diante da família e o arrependimento dessa promessa...

Amarante apenas sorriu, e disse: – Não case.

– Quê? Não casar? Mas a promessa solene ante a família reunida, na hora dramática em que Miloca parecia não escapar?

Amarante tornou a sorrir: – Não case.

– Isso queria eu. Mas como? Qual o meio de fugir?

– O senhor ama essa moça?

– Ora, seu Amarante, que pergunta! Foi uma ligação de acaso. Dessas coisas. . .

– Então não case.

E, confidencialmente, acrescentou:

– O senhor não foi o seu primeiro amante.

Inácio teve um choque. Ele desconfiava disso, porque no bairro falava-se da moça; mas ninguém apontava fatos concretos. E a sua vaidade queria que ele fosse o primeiro...

Não quis dar-se por traído diante do farmacêutico:

– Eu sabia, seu Amarante. Eu sabia, porque ouvi um falatório a respeito dela. Mas desde que prometi, a questão não é saber se ela é honesta ou não.

Então Amarante, para cortar cerce o caso, pôs a mão no ombro de Inácio e revelou:

– O primeiro amante de Miloca fui eu. O segundo, o Peres, da venda.

Inácio olhou fixo para Amarante: era calvo, balofo, pálido, com a cara toda raspada. Tinha gestos amolecidos, um todo vago de doente. Cheirava a medicamentos. Miloca pertencera aos braços do Amarante! E depois ao Peres, da venda!

Agradeceu secamente e saiu rápido.

Mandou a alemã à casa de Miloca: ela que fosse à cidade no mesmo instante; assunto grave.

No consultório, uma hora depois, Miloca perguntava aflita, atirando o chapéu sobre a mesa:

– Que foi que aconteceu, Inácio?

Torvo, ele foi logo ao âmago:

– Miloca, não casarei com você.

O abalo de Miloca!

– Não casarei. Quando empenhei a minha palavra, julguei que você tivesse um passado honesto.

Miloca estava pálida. Olhou para ele com desespero e perguntou:

– E eu não tenho um passado honesto?

Inácio Gomes matou a discussão.

– Miloca, o Amarante da farmácia foi seu amigo. E depois dele, o Peres!

Miloca rolou no chão com um ataque.

* * *

Ele tinha influência na Saúde Pública e na Polícia e deu em perseguir Amarante. Perseguição insidiosa, constante e fatal. Por quê? Não sabia. Embirrara.

Denunciado por diversas vezes, Amarante gastou dinheiro com os processos. A polícia quase o levou à cadeia como vendedor de tóxicos a viciados.

Amarante estava acabrunhado. O bairro era solidário com ele, sabia-se que tudo era obra diabólica de Inácio. Fizeram um abaixo-assinado ao Presidente da República.

148

Em todo caso, Amarante acabou falindo e desapareceu.

A revolta contra Inácio foi tumultuosa. Quando ele passava, sério, gordo, com o seu maço de jornais debaixo do braço, batiam-lhe com janelas. Uma portuguesa lavadeira atirou-lhe uma vez com esta:

– Olha o coisa à toa!

Inácio alugou o bangalô a uns ingleses e passou de novo para a casa dos tios.

A viúva, com o resto da família, mudara-se para Vila Isabel, desde o rompimento.

* * *

Eu olhava Inácio sem pestanejar, com uma serenidade absoluta. Aquele torpe egoísmo produzira a sua mais linda flor: uma canalhada embrulhadíssima e monstruosa. Como ele se sentia bem com essa obra!

– O que não compreendo, até hoje, é por que persegui o farmacêutico. Você compreende, aquele homem salvou-me, foi meu amigo. Devo-lhe, indiscutivelmente, uma enorme obrigação. Deu-me coragem para reagir. No entanto, levei-o à falência, expulsei-o do bairro, naturalmente da cidade, provavelmente do país. Desgostei-o com a vida. Talvez se tenha suicidado.

Bebeu longamente o chope. Puxou do bolso uma carta e deu-me. Li: "Inacinho. Não posso passar sem ti. Sofri muito, mas perdôo. Não posso esquecer-te. Miloca."

Teve um risinho vaidoso e sardônico:

– Não se pode ser bonito!

– É verdade – assenti com indiferença.

Puxei do relógio: meia-noite! Pobre Sônia... E o menino que estava um pouco doente... talvez começo de sarampo...

Como eu me levantasse, ele protestou:

– É cedo. Conta agora alguma coisa da Paraíba.

Insisti no propósito de partir. De pé, arrumando o chapéu na cabeça, respondi com calma:

– Não tenho nenhuma novidade para contar.

Ele queria que eu falasse, que o distraísse.

– E aquela tua ex-noiva? Fizeste as pazes com ela? *On revient toujours...*

– Não, não fiz.

– Mas espera, homem! Por força hás de ter alguma coisa interessante para dizer. Que tal é essa Paraíba?

– Não vale nada.

– E as paraibanas?

– Também.

– Ora, impossível que não trouxesses de lá alguma paixão! Talvez até te hajas casado!

Queria saber muita coisa. Desta vez, encontrou-me fechado.

– Qual! O teu fim é mesmo o casamento!

– Talvez. Boa-noite!

E saí.

Seria sarampo? Casimiro Nicolau preocupava-me.

O BLOCO DAS MIMOSAS BORBOLETAS

Foi na véspera do carnaval que encontrei o Sr. Brito. Ele esperava o bonde junto ao Hotel Avenida.

– Boa-tarde, Sr. Brito!

– Boa-tarde!

E, como eu parasse para acender um charuto, o Sr. Brito, aproximando-se, pediu com humildade:

– O seu fogo, faz favor?

Estava ali há dois minutos, com o cigarro apagado, à espera do bonde e de um conhecido para emprestar-lhe o fogo. O Sr. Brito ouviu dizer, ou leu num almanaque, que o banqueiro Laffitte obteve o seu primeiro emprego porque o futuro patrão o viu curvar-se para apanhar um simples alfinete. Então faz economias de caixas de fósforos, de cafés, de engraxate. Pode ser que algum capitalista se aperceba disso e o convide para um alto negócio.

Aliás, há uma outra razão para o Sr. Brito agir desse modo: possui duas interessantes filhas, as duas muito jovens, as duas muito dispendiosas, as duas impando uma importância social que está em absoluto desacordo com o modesto cargo que o Sr. Jocelino de Brito e Sousa ocupa, silenciosamente, no Ministério da Fazenda.

Eram cinco e meia da tarde. Como a multidão nos acotovelasse, convidei o Sr. Brito a tomar um aperitivo na

"Americana". O Sr. Brito, aceso o seu cigarro, principiara a lamentar-se; e a conversa, ainda que fastidiosa, excitava a minha curiosidade.

O Sr. Brito é dos homens mais notáveis da cidade. Eu é que sei. No entanto, ninguém lhe dá importância. Tem uma obesidade caída, um desânimo balofo, um desacoroçoado jeito de velho funcionário pobre que se desespera em casa com as meninas. As meninas querem vestidos, precisam freqüentar a sociedade, consomem-lhe todo o ordenado. Ultimamente, deram para um furor de luxo que não tem medida. E o Sr. Brito, triste, cogitativo, anda sempre assim, de fazer dó: os braços cheios de embrulhos, o paletó-saco poeirento, os cabelos grisalhos esvoaçando-lhe pelas orelhas, sob o chapéu de palha encardida.

– Sr. Brito, um vermute.

– Acho bom, Doutor, acho bom.

Tem um pormenor impressionante no rosto: as sobrancelhas muito peludas, também grisalhas, como que enfarinhadas de cinza. São agressivas as suas sobrancelhas.

Na pessoa mansa do Sr. Brito, esse ponto enérgico é único, isolado. Tirando as sobrancelhas, todo ele é doçura.

A pêndula do bar martelou seis horas. O Sr. Brito, que ia engolir o vermute, teve uma indecisão, o cálice suspenso à boca.

Li nos seus olhos inquietos esta frase: "As meninas estão à minha espera."

Exatamente. O Sr. Brito bebeu o gole e disse:

– As meninas estão à minha espera.

Ah! a minha feroz alegria! O Sr. Brito é assim: um homem que eu, há tempos, venho surpreendendo, desvendando. Tomando posse da sua individualidade sem resistência. Estou a ponto de "saber" todo o Sr. Brito. Há ocasiões em que, encontrando-o, digo para mim mesmo: "Ele vai falar-me de um artigo tremendo que saiu hoje contra o Presidente da República na *Vanguarda.*" É delicioso: o Sr. Brito, depois de me apertar a mão, põe-se a conversar sobre vagas coisas e, de repente, como se obedecesse ao meu comando, pergunta:

— Leu hoje a *Vanguarda?* Que artigo tremendo! Que horror!

* * *

— Tome outro vermute, Sr. Brito.

Sacudiu a cabeça que não.

— As meninas devem estar impacientes.

— E como vão elas?

— Assim, assim. O senhor é que não quis mais aparecer?

Ele pergunta isso sem o menor interesse oculto. Sabe perfeitamente que não pretendo casar-me.

— Muito serviço, não calcula.

— Mas aos domingos, Doutor! Uma vez ou outra! Dá-nos sempre muita honra e principalmente muito prazer.

— Obrigadinho, obrigadinho. Hei de aparecer. O senhor sabe que aprecio muito as suas meninas.

— Elas são boazinhas, isso é verdade. Gostam de divertir-se, de dançar, de brincar. Não pensam na vida.

Não pensam na vida! Para os seus olhos de pai essas duas interessantes princesas de arrabalde não pensam na vida. E elas não pensam senão na vida! Tratam exclusivamente de suas preciosas pessoinhas, dos seus preciosos projetos de casamento, do seu precioso luxo que custa as lágrimas secretas do pai desconsolado.

— Faça o favor, beba outro.

Aceita. E expõe o seu caso de hoje, o caso que eu há vinte minutos estou esperando, como um caçador mau, de emboscada:

— Não avalia as dificuldades que passei de ontem para cá! Imagine que era necessário arranjar um conto de réis e eu não encontrava agiota nenhum que me quisesse emprestá-lo. Afinal, sempre convenci o Morais, aquele da Rua da Misericórdia, que por sinal todos os meses já me rói metade do ordenado. Esta vida, meu caro Doutor!

– Sei o que ela é, Sr. Brito. Eu também tenho os meus apertos.

O vermute o perturbou um pouco, predispondo-o para a confidência. Continuo insinuando a expansão, pelo meu ar atento, pelo meu todo solícito, pelas minhas frases curtas que deixam sempre uma ponta, para o Sr. Brito emendá-la com o que tem no íntimo.

– As meninas morreriam de tristeza se eu não conseguisse nada.

– Ah!

– O senhor sabe, são moças, querem divertir-se.

– É natural!

– O carnaval faz todo mundo perder a cabeça. O senhor compreende. Qual é o pai que numa ocasião destas não fará um sacrifício?

– Justo!

Pedi mais dois vermutes ao garção.

– Esses empréstimos abalam muito a bolsa de um homem, Sr. Brito.

– Um horror. Nem fale.

– Mas obteve, então?

Toma um gole. Chupa os beiços, enxugando-os. E desabafando:

– Ah! felizmente!

– Meus parabéns sinceros.

Sorriu, feliz. Seus olhos, debaixo das sobrancelhas crespas e grisalhas, cintilaram contentes. As filhas morreriam de tristeza se não tivesse arranjado! Tomou outro gole.

Tive uma sensação inefável de haver ganho a tarde.

– Sr. Brito, há de me dar licença...

– Pois não, pois não!

Paguei a despesa, levantei-me. Ele bebeu o resto do cálice e levantou-se também, sobraçando os embrulhos. Senti que ia dizer-me qualquer coisa ainda sobre as meninas, sobre o carnaval, sobre aqueles embrulhos, sobre o empréstimo...

– Elas estão ansiosas. Está vendo isto? São as fantasias que já haviam escolhido na cidade. E caixas de lança-perfume. E confete.

– E serpentinas.

– Tudo!

O Sr. Brito, na sua ternura, ter-me-ia abraçado se não fossem os embrulhos.

– Não sabe o que é ter duas filhas, dois anjos como eu tenho!

O bonde da Gávea parara para o assalto dos passageiros. O Sr. Brito ia precipitar-se, mas uma idéia lhe fuzilou no cérebro:

– Não quer tomar parte no bloco das meninas?

Desta vez o Sr. Brito me apanhara de surpresa. Não gostei. Aquilo me escapara.

– Ah! elas organizaram bloco este ano?

– Alugamos um autocaminhão. Elas se lembraram do senhor, mas tinham perdido o telefone da sua pensão. E eu ia-me esquecendo, que cabeça! É o Bloco das Mimosas Borboletas. Então, vem?

O bonde partia, campainhando.

– Telefone para lá!

Falou isso correndo, querendo voltar a cabeça para mim e ao mesmo tempo preparar o pulo sobre o estribo. Pulou. Dependurado, com os embrulhos lhe atrapalhando os movimentos, era sublime o Sr. Brito. E o bonde virou a esquina da Rua S. José, levando a meiguice, a ventura, o êxtase daquele pai. O Morais, da Rua da Misericórdia, estava na porta da "Brahma", torcendo os bigodes.

155

* * *

Devo tomar parte no Bloco das Mimosas Borboletas?

Quarta-feira de Cinzas eu entrava tranqüilamente num café quando o Sr. Brito surgiu, súbito. Quase nos abalroamos.

– Oh! Sr. Brito! Vamos a um cafezinho?

Estendi-lhe o braço, procurando envolvê-lo pelo ombro. Ele tentou esquivar-se, esboçando uma recusa frouxa. Insisti com veemência e ele entrou afinal, sombrio.

Observei-lhe que o laço da gravata estava desfeito. Teve um gesto nervoso, apalpando o colarinho e o peito da camisa, como se aquilo lhe tivesse feito lembrar qualquer coisa desagradável ou dolorosa.

Tive receio de pensar o que ele iria dizer-me... Aquele desleixo na gravata era significativo. Eu sabia que era Lalá, a mais velha, quem lhe dava o nó, todas as manhãs. Ele ia dizer... Não, o Sr. Brito dessa vez não disse nada.

Então puxei conversa.

– Divertiu-se muito no carnaval?

Deu de ombros, molemente, num desânimo de vida. E, puxando um cigarro de palha do fundo do bolso do paletó, fez-me com os dedos trêmulos o gesto de pedir fósforos.

Minutos escoaram-se. Não tínhamos assunto. Era mais prático nos despedirmos.

– Bem, Sr. Brito, vou aos meus negócios.

Segurou-me pelo braço. Tive um choque. A revelação ia sair.

Passaram-se ainda uns momentos de silêncio. Perguntou-me, enfim:

– Por que não quis tomar parte no nosso bloco?

– Ora, Sr. Brito, eu não sou carnavalesco. Acredite: não saí de casa os três dias.

– Pois lamentei, lamentei muito a sua ausência.

– Ora, por quê, Sr. Brito?

– O senhor é um moço sério. Se o senhor tivesse vindo, olharia pelas minhas filhas.

Senti um susto e uma pérfida vontade de rir. Tive a impressão do ridículo e ao mesmo tempo de um vago drama palpitante. As sobrancelhas do Sr. Brito, um instante fitas em mim, moviam-se agora, acompanhando um tique nervoso de piscar, indício de comoção.

– Muito agradecido pela confiança, Sr. Brito. Porém, não sei se sou digno.

– Sei eu, sei eu.

Comecei a ficar impaciente.

– Que houve de extraordinário, Sr. Brito?

– Imagine o senhor que ontem, último dia, como estivesse com os meus rins muito doloridos não pude acompanhar as meninas no carro. Sabe, os meus rins...

– Sei, Sr. Brito.

– O bloco era grande, umas trinta pessoas. Enfim, havia o Gomes, da minha Repartição. O Gomes com a senhora. Fiquei tranqüilo por esse lado e confiei-lhe as meninas. Sabe, os rapazes me pareciam distintos, mas nunca é bom confiar demais.

– Claro.

– Pois, meu caro, não lhe conto nada: até esta hora as meninas ainda não voltaram.

– Oh! Sr. Brito!

– O Gomes está abatido. Diz que não sabe como é que elas lhe escaparam das vistas.

No rosto tranqüilo do Sr. Brito os olhos, sempre doces, faiscaram de dor. As sobrancelhas tremeram-lhe.

– É verdade o que me diz?

– Des-gra-ça-da-men-te!

Caiu-lhe a cabeça sobre o peito, no desconsolo da calamidade. Não tendo o que dizer (e já um pouco arrependido de não haver tomado parte no bloco, mas por motivos inconfessáveis), reuni todas as minhas cóleras contra aquele Gomes:

– Porém, Sr. Brito, esse sujeito, esse Gomes, é um patife!

O Sr. Brito fez com a cabeça que não, que o Gomes não era um patife. E disse devagar, com tristeza:

– A mulher dele também até agora não chegou em casa.

* * *

Íamos pela rua cheia de povo barulhento e feliz.

– Sr. Brito, cuidado com esse auto.

Atravessamos.

Eu tentava qualquer coisa em prol daquela dor:

– Sossegue. Elas dormiram com certeza em casa de amigas.

– Ninguém sabe delas.

– Paciência, Sr. Brito, paciência. Talvez já estejam em casa, até.

Barafustamos por um telefone público. Esperamos um momento até que D. Candinha (irmã solteirona e velhusca do Sr. Brito, que criara as meninas, sem mãe, desde cedo) atendeu do outro lado do fio.

– Elas já chegaram? – rompeu o Sr. Brito, com a voz gritada e comovida, ansioso pela resposta.

Largou o fone no gancho, sem ânimo.

– Vamos embora, doutor. Não apareceram! Não há notícias!

E fomos para o *Jornal do Brasil*. No balcão da caixa o Sr. Brito redigiu com letra trêmula o anúncio: "Um conto de réis – Gratifica-se com um conto de réis a quem der notícias positivas sobre o paradeiro de duas moças que anteontem, vestidas à século XVIII, tomaram parte no

Bloco das Mimosas Borboletas, da Gávea. Dirigir-se à Rua República de Andorra, n. 7."

O Sr. Brito pagou o anúncio e saímos.

Na rua teve uma idéia repentina:

– É verdade, aonde vou eu buscar outro conto de réis?

E a sua doce pessoa crispou-se de angústia.

* * *

Ao nos despedirmos, ele queixou-se de uma dor de cabeça. Parou um momento, levando a mão à testa. E, súbito, amontoou-se na calçada. Eu não tivera tempo de ampará-lo. Então, com esforço, suspendi aquela massa pesada. Pessoas que passavam me ajudaram. Estava morto.

Seu cadáver foi no automóvel da Assistência Pública para casa, depois das formalidades legais.

Acompanhei-o.

D. Candinha estava fazendo o jantar e veio ver quem batia, manca de reumatismo, limpando as mãos no avental. Espantou-se. Atrás dos óculos os olhos se esbugalhavam, sem compreender. Até que, como que se lembrando, deu um grito:

– As meninas! – e ergueu os braços exclamativos.

– É o Sr. Brito, D. Candinha – intervim com calma. Está doente. Muito doente.

– O Jocelino! Pobre Jocelino! Que foi que aconteceu pro Jocelino!

E pôs-se a limpar os olhos com o avental sujo.

* * *

Entre as pessoas que velavam o cadáver, Gomes destacava-se por um ar digno de homem ferido no seu amor-próprio. A mulher desaparecera definitivamente.

159

Suspeitava-se de um estudante de Medicina, um certo Aristóteles, sergipano, um dos influentes do Bloco.

Havia quem apertasse a mão de Gomes, com comoção, apresentando-lhe condolências. Dava a impressão de um parente. A fuga da mulher estabelecera entre ele e o defunto um laço confuso de família.

Gomes agradecia, com um lenço sempre encostado ao rosto.

* * *

Pela madrugada entrou Cotinha, a filha mais moça.

Entrou pé ante pé. Ninguém lhe perguntou donde vinha nem por que vinha. Havia na sala apenas três ou quatro pessoas pobres da vizinhança, além de mim. Todas as demais – Gomes inclusive – se tinham retirado por volta da meia-noite. D. Candinha dormia lá dentro, numa cadeira de balanço da sala de jantar, vencida pelas agitações das últimas quarenta e oito horas.

Cotinha caminhou receosa para o meio da sala e atirou-se sobre o caixão. E chorou, chorou convulsivamente, como que se esvaziando a repelões.

Quando acabou de chorar, veio para onde eu estava, toda encolhida, como uma criminosa, de olhos inchados e vermelhos. Apertei-lhe a mão que me estendeu e ficamos em silêncio. Depois de uns minutos, como um sentimento surdo e talvez hostil nos impelisse a explicações, perguntei:

– E D. Lalá?

– Não sei. (Deu de ombros, espichando o beiço num muxoxo contrariado.) Cada uma de nós foi para o seu lado.

Fiquei estarrecido.

– E a senhora do Gomes?

Disse que ignorava também o destino da outra. Formosíssimo! Eis o epílogo do Bloco das Mimosas Borboletas no carnaval de 1922 na muito leal cidade de São Sebastião do Rio de Janeiro – pensei com os meus botões.

Depois Cotinha contou que soubera da morte do pai por acaso, porque passara de automóvel pela porta, "com um senhor"... E acrescentou, tímida, rompendo o pudor:

– O senhor com quem eu estou.

Tive um baque. Era possível? Um cinismo lavado de lágrimas, assim, era possível?

– Mas D. Cotinha: que bicho mordeu as senhoras, desse modo, de repente? Ficaram doidas?

Sacudiu os ombros, pondo as duas mãos nos olhos, como uma criança. E chorando de novo:

– É a vida... Que é que o senhor quer?

As outras pessoas da sala olhavam-nos, a cochichar entre si. Sem dúvida faziam mau juízo. Talvez pensassem até que era eu o comparsa de Cotinha.

Um cheiro de flores pisadas e cera errava, acre. Um sentimento pungente me dominava, abafando uma vaga, uma imprecisa sensação de sarcasmo. As oito velas ardiam silenciosas em torno do caixão do Sr. Brito, que tinha um crucifixo de prata à cabeça. Eu não conseguira ainda, até aquele instante, definir o meu estado de alma. Parecia-me, profanamente, que qualquer coisa de cômico se insinuava por tudo aquilo. Quem sabe, talvez fosse engano meu, ruindade minha, tendência cruel do meu temperamento. No fundo, eu estava zonzo com o que me rodeava: o Sr. Brito, a filha que voltava, as pessoas pobres e parvas da vizinhança, as oito velas, o cheiro de flores pisadas, a idéia do cavalheiro com quem Cotinha passara de automóvel, a idéia de Lalá, a idéia de Aristóteles furtando a mulher do Gomes, a lembrança do anúncio que saíra de manhã no *Jornal do Brasil,* o ridículo do Bloco das Mimosas

Borboletas – tudo aquilo ainda não recebera uma forma definitiva no meu espírito.

Cotinha merecia umas bofetadas?

O problema de saber se Cotinha merecia ou não umas bofetadas me invadiu, súbito. Fiquei a remoer essa inspiração, como se ela encerrasse um alto valor poético ou filosófico. Eram quatro da madrugada. Uma mulher levantou-se, em bico de pés. Um mulato de cavanhaque, a seguir, levantou-se também. Daí a um quarto de hora, Cotinha e eu estávamos sós.

Ficamos nós dois, longo tempo, calados, olhando o Sr. Brito.

Por duas vezes Cotinha soluçou:

– Coitado do meu paizinho!

Por outras duas vezes suspirou:

– E Lalá que não sabe de nada! Que horror!

Claridades pálidas do dia nascente entraram vagarosas pelas janelas. Um torpor me tomou. Cotinha chorava agora encostada em mim.

O barulho de um bonde, que vinha vindo longe, me ergueu na cadeira, Cotinha encostou a cabeça ao espaldar, fatigada, humilhada, amarrotada, sem valor e sem destino, como uma pobre coisa.

Para vencer o torpor, tomei a deliberação de sair, de andar. Fui olhar então, de perto, o meu defunto amigo, o meu campo de observações e de conquistas psicológicas, o meu infeliz Jocelino de Brito e Sousa. O rosto estava calmo, como a sorrir. As sobrancelhas peludas continuavam agressivas, enérgicas, na fisionomia doce para todo o sempre. Aquela massa humana estava agora liberta de pensar no Morais da Rua da Misericórdia.

– D. Cotinha, até logo, à hora do enterro.

Ela veio até a porta da sala, que dava para uma área. Levantei a gola do paletó por causa do frio da madrugada.

Estendi a mão para Cotinha. Encarei-a com piedade e revolta: gordinha, morenota, um leve buço enegrecendo-lhe o lábio superior. E irresponsável, camaradinha, fácil, derrotada nas suas vaidades de princesa de arrabalde por aquele complicado drama de fuga e morte.

Olhando-me a fito, vi nos olhos dela a recordação da vida já antiga: o lar do Sr. Brito, os domingos de visita ou passeio com outras pessoas que freqüentavam a casa, os projetos ambiciosos de bons casamentos, o luxo, a comodidade quotidiana de uma situação de respeito e prazer. Agora, tudo acabado, para nunca mais!

Desabou a chorar sobre o meu ombro: que era muito infeliz, que ia sofrer muito, que não sabia como perdera a cabeça, que agora não havia remédio, que queria morrer também...

Consolei-a, como pude, segurando-a pelos pulsos. Dei-lhe conselho de mandar procurar Lalá (ela devia suspeitar, pelo menos suspeitar onde estava a irmã) e despedi-me rápido.

A rua! A rua deserta, vazia, livre, para os meus passos e para o meu rumo! Corri por ali afora, corri para alcançar o bonde e para desentorpecer. E, enquanto corria, levava a sensação de fugir a uma coisa fascinante e ameaçadora de que eu me libertava enfim... uma coisa suave e horrenda que não poderia mais acontecer na madrugada pura do arrabalde...

MILAGRE DE NATAL

Naquele cortiço da Rua dos Arcos, pomposamente chamado "Vila Imperial", morava gente de todas as profissões, mas sobretudo gente de teatro. Transposto o portão, via-se um pátio cimentado e um renque de casinhas de porta e janela com um alpendre. Entre as colunas de ferro desse alpendre pendiam barbantes com roupa secando e gaiolas de passarinhos. Não se sabia onde, estrugiam palmadas enérgicas nas nádegas de algum menino que levava um tombo ou entrava em casa sujo de lama. Ao fundo do pátio eram as tinas de lavar: sempre com três ou quatro mulheres em roda, em conversas estridentes, gargalhadas e recriminações. Pelo meio-dia, cantarolavam homens de vistoso pijama, a fazer a barba em espelhinhos dependurados à ombreira das portas. Vozes quentes enchiam o espaço com árias italianas... Mas havia outras vozes:

– Cão! Miserável! Tu me pagas, bandido!

Essa era a voz de Ritinha Mendes, a rapariga mais ciumenta do teatro brasileiro, mulher do tenor Fioravanti de Medeiros. Os vizinhos ficavam em silêncio, escutando, divertidos.

Uma gente muito esquisita. Quando ouvira pela primeira vez uma briga entre marido e mulher, Antônio saíra ao alpendre e ficara de nariz para o ar, a ver se descobria em que porta se passava o drama. Tivera ímpetos de intervir. Depois, a conselho de Luísa, abstivera-se.

A lavadeira Isolina explicava: a pior de todas, ali, era a Carlota, uma portuguesa bigoduda, que gostava de apanhar. Vivia com um tal Sousa, dono de uma quitanda na Avenida Mem de Sá. Tanto o provocava que ele acabava por aplicar-lhe umas bofetadas tremendas. Ela rolava, aos gritos. Uma tranqüilidade secreta reinava de novo no cubículo fechado. Horas depois, o casal saía; o Sr. Sousa cumprimentando os vizinhos afavelmente e a corpulenta Carlota muito mansa, reclinada ao braço dele com ternura.

– Papagaios! – exclamou Luísa. – Que é que é, madama?

– Onde é que estamos metidos!

– Ora, por toda parte é igual, madama. – E virando-se para Antônio: – O amor é um caso sério, não é, seu Flores?

Tinham de mudar-se dali. Talvez aquele romance durasse mais do que algumas semanas; quem sabe se duraria meses, anos? Ela era boazinha, dócil. Como corista do Teatro Recreio ganhava uma miséria: ia tudo em trajes para as peças novas. Ele estava à espera de um lugar fixo numa redação ou então de um biscate rendoso, como o de chefe de propaganda de um laboratório. Seu amigo Amarante, farmacêutico em Copacabana, perseguido pela Saúde Pública (por denúncias falsas de um médico, um certo Inácio Gomes), mudara-se para Cascadura onde ia fabricar um remédio contra a bronquite. Seria maravilhoso: Antoninho tinha apenas que inventar pequenas anedotas para os anúncios e todos os anos redigir um almanaque. Mas Amarante lutava também com a pobreza; de rico, naquilo tudo, só havia o título das funções prometidas e o da empresa em formação: Chefe de Propaganda dos Laboratórios Bronquitol, Limitada.

Sim, talvez aquele romance durasse. Tinham-se encontrado há pouco mais de quinze dias, na Praça Tiradentes; ela, a caminho da Rua do Lavradio, indo para casa; ele, de regresso da redação do *Diário Nacional,* onde fora ver um amigo.

Não sabiam como aquilo sucedera tão simplesmente: passaram a morar juntos no quarto nº 21 da "Vila Imperial".

Luísa saía pela manhã para fazer as compras do almoço na feira dos Arcos ou nas lojas das redondezas; e Antônio punha-se à mesa, no trabalho de todos os dias: traduções para jornais, um artigo, um conto. O dinheiro caía aos pingos, mas Antônio estava agora ainda mais otimista. Breve seria possível morar num bairro melhor, num quarto poético. Nas Laranjeiras, por exemplo.

– Na noite de Natal vamos cear num cassino? Ceia com champanhe, sim? Diga que vamos...

– Com champanhe, Luísa?

– Com champanhe, Antoninho. É um luxo, uma vez só. Vai dar sorte à gente, Antoninho...

Era o primeiro desejo que ela lhe manifestava. Sabia que ele estava lutando para ganhar o indispensável. De repente, um pedido, o primeiro, o único pedido... E feito com uns olhos tão meigos, tão infantis! Antônio prometeu, sem saber onde arranjaria dinheiro.

– Na véspera de Natal iremos cear num cassino, com champanhe. Está feito.

Ela atirou-se-lhe ao pescoço, brandindo a colher de pau com que remexia a caçarola de picadinho.

Antônio subiu as escadas do *Brasil Magazine,* na Rua do Ouvidor. O Nunes, seu diretor-proprietário, era um velho seco, muito pouco amigo de literatos; uma vez por outra publicava uma crônica de Antônio Flores Filho, pagando-lhe cinqüenta mil réis. Desta vez, Antônio levava-lhe quatro crônicas, de pancada, com a esperança de obter o dinheiro para a noite de Natal.

Com o cigarro de palha ao canto da boca, Nunes olhou Antônio por cima dos óculos pretos e perguntou:

– Que é que o senhor traz aí, seu Flores?

– Quatro crônicas... Se o senhor me pudesse adiantar o vale... A cinqüenta cada uma seriam duzentos mil réis...

Nunes ficou de mau humor. Pegou as tiras de papel, folheou-as, refletiu um momento:

– Não posso ficar com mais de um original. Devolveu as três crônicas recusadas, rabiscou um vale:

– Pode passar na caixa.

Então Antônio encheu-se de coragem e explicou: faltavam dois dias para o Natal, ele estava com necessidade de duzentos mil réis... Cinqüenta não bastavam...

O diretor do *Brasil Magazine* encarou o colaborador com espanto:

– E que é que eu tenho com isso? O meu número especial já está pronto, sai amanhã. Por que é que o senhor não se lembrou de escrever-me um conto de Natal? Eu teria pago os duzentos mil réis por ele.

– Realmente, não me lembrei. O senhor sabe, todos os anos as revistas publicam contos de Natal. Assunto batido demais. A gente nem tem mais idéias...

– Como não tem mais idéias? O senhor confessa que é um autor sem idéias? E traz-me artigos? E pede-me dinheiro?

Antônio olhou as paredes da sala do diretor, cobertas de retratos de celebridades da política, do teatro e do cinema. Uma folhinha do ano marcava a data: 22 de dezembro. Ah! se não fora o seu horror às idéias muito exploradas... Poderia escrever ali mesmo um conto em que aparecesse um santo vestido de mendigo; ou com Papai Noel entrando pela janela, pondo brinquedos nos sapatos das crianças, num lar pobre...

Num lar pobre. O seu era pobre. Seria própria a palavra "lar" aplicada àquele quarto da "Vila Imperial", com a Luisinha assobiando um samba enquanto descascava batatas?

— Está bem, paciência. Talvez para o ano tenha uma boa idéia.

O diretor olhou Antônio com um olho aberto, outro fechado, por causa da fumaça do cigarro.

— Quantos anos o senhor tem?

— Vinte e cinco.

— Onde nasceu?

— Em Mato Grosso.

— Qual é a sua situação?

— Espero o lugar de Chefe de Propaganda dos Laboratórios Bronquitol, Limitada.

— Onde é isso?

— Em Cascadura.

— Que remédio é esse?

— Não sei. O inventor diz que cura bronquite.

— Que idéias tem o senhor como chefe de propaganda?

— Por exemplo, um trocadilho: "a crônica do dia — bronquite". Isso é para os jornais, com o nome do remédio embaixo... Será um *slogan* formidável.

O diretor recuou na cadeira; ajeitou os óculos no nariz, puxou outra fumaça do cigarro; depois sacudiu a cabeça com ar de pena. Fez com a mão um aceno breve, a despedir o literato.

— Está bem — tornou Antônio, enchendo-se de súbita cólera. — Eu lhe garanto que tenho idéias e farei até mesmo contos de Natal. Farei o herói achar dinheiro na rua. Vestirei Papai Noel de sargento de bombeiros. Matarei um diretor de revista no momento em que ele se senta à mesa, com a família, à meia-noite, de óculos pretos, para comer castanhas assadas. Incendiarei as árvores de Natal de toda a cidade! Ficarei louco, senhor diretor, mas terei idéias.

Antônio pôs o chapéu na cabeça e avançou para a porta. Voltou-se ainda:

– Fique sabendo! Quantos contos queira, com ou sem milagres!

Por pouco investia contra o Nunes, jogava-lhe um tinteiro ou quebrava-lhe a cara. Desceu a escada agitadíssimo, com um tremor no braço. Nas vésperas de Natal! Havia de ser bonito! Teve vontade de subir as escadas de novo para acrescentar: "Farei um conto em que o herói vai para a cadeia e sonha que o jantar de marmita é um banquete com a presença dos três Reis Magos!" Não, não valia a pena.

Ao chegar à calçada esbarrou num transeunte, pediu desculpas e continuou. Ouviu "sssiu! sssiu!" com insistência. Voltou-se: era o Amarante, cheio de embrulhos, sem chapéu, a calva reluzente de suor.

– Então, não me aparece mais?

Antoninho admirou-se: Como? Ele é que estava à espera de um chamado! Já tinha até um bom material para o almanaque do "Bronquitol". E anúncios! Idéias para anúncios! Um *slogan* formidável: "A crônica do dia – bronquite. Contra ela, Bronquitol."

Atrapalhado com os embrulhos, Amarante deteve-se à soleira de uma porta e pôs-se a contar: estava sem sorte. Ainda não integralizara o capital. Andava à procura de um capitalista, mas as perseguições contra ele continuavam. Os amigos que tinha consultado vinham logo com a tal história de Copacabana, que Inácio Gomes inventara: a venda de tóxicos. Uma coisa indecente. Até em Cascadura já havia quem soubesse da calúnia! Em todo caso, Antoninho devia aparecer, preparar a propaganda.

– Gostou do *slogan*, Amarante?

Amarante fez um sorriso vago: nem sim, nem não.

– Você sabe, o público não entende muito de trocadilhos...

– Mas é um trocadilho claro, alusivo, específico! Pense bem, Amarante... O sujeito lê "crônica", "crônica do dia", pensa que se trata de notícia de jornal, de notícia palpitante... Depois lê "bronquite", liga as idéias, lembra-se de "bronquite crônica", compreende, recebe o choque...

– Compra o remédio? – perguntou Amarante piscando um olho.

– Compra, sim senhor. A menos que seja como eu: que devo cear na noite de Natal com um amor de criatura e não tenho senão cinqüenta mil-réis. Preciso de mais cento e cinqüenta, Amarante. Pode ser?

Antoninho entrou em casa assobiando. No fundo do bolso acariciava os duzentos mil-réis do seu milagre de Natal. Cinqüenta do *Brasil Magazine* e cento e cinqüenta por conta das suas futuras funções nos Laboratórios Bronquitol, Limitada.

Encontrou Luisinha preparando o jantar: uma galinha de molho pardo naquele miserável fogãozinho a gás que tinha só um suspiro. Pobre Luisinha!

Dançando e castanholando os dedos, Antoninho aproximou-se dela, deu-lhe um beijo na nuca.

– Depois de amanhã, grande ceia!

– Com champanhe, Antoninho?

– Com champanhe.

Tirou do bolso as notas e, alisando-as em cima da cama, foi contando em voz alta: cinqüenta, cem, cento e cinqüenta, duzentos... Nisso bateram à porta. Apareceu na soleira um sujeito baixo, de óculos, que respeitosamente declarou: – Sou Papai Noel.

Luisinha encolheu-se com medo, protegendo-se atrás de Antoninho.

– Sou Papai Noel – insistiu o sujeito.

Antônio não acreditava no que via: o Nunes, do *Brasil Magazine*. Parecia acanhado à porta do quarto, ao fundo do qual chiava a caçarola no fogão. Antônio lembrou-se da cólera que sentira contra ele momentos antes na redação; teve pena daquele homem idoso, que podia ser seu pai, e a quem quase agredira.

— O senhor me perdoa, não é? Ainda há pouco, fiquei nervoso... O senhor sabe... Sente-se, seu Nunes.

Estendeu-lhe uma cadeira. Quis tomar-lhe o chapéu, colocá-lo no cabide...

— Não, é só um instantinho – obtemperou Nunes, muito confuso. – Vim trazer-lhe os duzentos mil réis do próximo conto...

— Do conto?

— Do conto de Natal, para o ano que vem. É um adiantamentozinho...

Antônio ficou vexado:

— Não posso aceitar. Eu lhe ofereci quatro artigos, o senhor só me aceitou um, pagou-o... Está acabado...

— Mas não me dá o direito de encomendar um conto a um jovem autor com idéias, como o senhor?

Luisinha olhou a caçarola em que a fervura subia, ameaçando transbordar; deu um salto para o fogão:

— Minha galinha de molho pardo!

Nunes aproveitou a ocasião para meter o dinheiro na mão de Antônio: não havia como recusar, era uma encomenda, embora com um ano de antecedência. – Os bons números de Natal – acrescentou com ar grave – devem ser organizados com muita, muita antecedência. E, tomando o chapéu, saiu. Antônio acompanhou-o sem saber o que dizer, ainda mais confuso que o diretor do *Brasil Magazine*.

No alpendre, Nunes segredou-lhe:

— Se o negócio do laboratório não for adiante, vá me procurar na redação... Há muito tempo que venho pensando no senhor. O *Brasil Magazine* está precisando de um secretário novo, com idéias...

As crianças que faziam diabruras no pátio tinham ouvido aquele homem bonachão dizer à porta do quarto nº 21: "Sou Papai Noel".

De combinação, levaram-no em cortejo até à rua, em gritaria sarcástica:

– É Pa-pai No-el! É Pa-pai No-el!

Nunes não conseguiu safar-se antes de distribuir todos os níqueis que trazia no bolso.

Antoninho voltou ao quarto como um doido: – Luisinha, onde está a estrela-d'alva?

Pôs-se a dar cambalhotas na cama, onde as quatro notas de cinqüenta mil-réis ainda jaziam expostas.

– Mais duzentos, Luisinha!

E continuou a contagem: duzentos e cinqüenta, trezentos, trezentos e cinqüenta, quatrocentos...

Nova cambalhota. A cama já ameaçava desconjuntar-se. De pé, crescendo para o teto e gesticulando como no teatro, Antônio tomou um ar grandiloqüente, repetindo:

– Onde está a estrela-d'alva? Onde está a estrela-d'alva? Os Reis Magos andam pela cidade com as mãos cheias de presentes!

Luisinha retirou da caçarola a colher de pau, limpou-a no avental, bateu com ela no peito e declamou, fingindo de "estudante alsaciano":

– Está aqui, no meu peito! Aqui é que está a estrela-d'alva!

Nisso reboou pela "Vila Imperial" um vozeirão exasperado:

– Má raios te partam, virago!

Houve cadeiras empurradas, um armário caindo com um som de bombo, o rumor claro de um copo espatifando-se à parede.

– Me acudam! – gritou a voz da Carlota, em seguida, provavelmente, ao primeiro bofetão do Sr. Sousa.

Houve uma pausa de silêncio. Luisinha e Antônio entreolharam-se, penalizados... Baixinho, ela falou:

– Vamos procurar um quarto nas Laranjeiras, não é? Não podemos continuar aqui, meu amor.

– É. Na semana que vem. Arranjaremos um lugar tranqüilo, poético... Lá para os lados do Cosme Velho...

No pátio, a atriz Ritinha Mendes, solidária com a portuguesa, irrompeu nervosa a fazer escândalo:

– Bater numa mulher! Que vergonha! Pare com isso, seu bruto!

De novo, o silêncio. Súbito, a voz do tenor Fioravanti de Medeiros alçou-se num trêmulo romântico:

La donna é mobile
Qual piuma al vento...

MISTÉRIO DE SÁBADO

Miguel sentiu que precisava de aventura. Nas calçadas, famílias comprimiam-se, cheias de curiosidade. Outras, iam rolando, a contragosto, confundidas na enxurrada de povo.

Ele aderira à multidão na Avenida Rio Branco. Os cortejos de automóveis, os ranchos com estandartes e bandeirolas, os coretos de cores berrantes, o cheiro insistente de éter, as batalhas de confete, o emaranhado das serpentinas a descer das sacadas, a subir pelas árvores, tudo aquilo o enchia de um impulso indefinível. Precisava de aventura.

Depois, os ranchos começaram a entrar pela Rua Sete. Viu uma morena, vestida de diabo vermelho, sem máscara, a debater-se entre homens que a bisnagavam, com apalpões disfarçados pelas nádegas. Quisera intervir, defendê-la; tomara um tranco, voltara-se para responder com um soco, achou-se diante de uma velha de ar emproado:

– Foi o senhor que apertou o meu seio?

Desculpou-se, tirou o chapéu, lançou-se pela multidão, à procura do diabo vermelho.

Cuícas roncavam, ansiosas, dispnéicas. Tamborins faziam uma bulha humorística. Tambores davam notas baixas, como explosões metódicas e abafadas de um riso grave.

— Perdão!

Um cavalheiro gordo, de fraque – era uma máscara, ou um pai de família excessivamente ridículo? –, tentava abrir caminho, tendo na mão direita um guarda-chuva e na esquerda um lança-perfume.

— Que absurdo! – exclamou Miguel, indignado com o guarda-chuva, e com o fraque, com a atitude impaciente do cavalheiro gordo e polido.

Absurdo por quê? Não havia absurdo nenhum. Tinha, porém, uma vontade de protestar – contra alguém, contra qualquer coisa. Onde estava a morena, o diabo vermelho que se debatia entre os rapazes grosseiros, abusando dela?

Os ranchos iam para o baile-concurso do Teatro João Caetano. Vozes puras, como de virgens celestiais, subiam para a noite quente, colorida de serpentinas nos fios elétricos. Dos sobrados debruçavam-se caras risonhas, braços se agitavam, atiravam confete, batiam palmas.

— Salgueiro! Salgueiro!

— Querosene! Querosene!

— Morro do Pinto!

Os ranchos passavam.

Cada espectador aclamava o morro da sua simpatia. As baterias executavam as marchas autóctones, letra e música dos artistas locais, numa rivalidade feroz de genialidades populares. Com potes à cabeça, ou baldes na mão, as negras e mulatas, todas de branco, bamboleando-se, ao ritmo das marchas, esganiçavam-se à porfia. Pretalhões ameaçadores rufavam os tamborins; mulatinhos macios, de terno de brim, chapéu panamá, flor no peito, marcavam o compasso, fazendo molinetes com bastões enfeitados de fitas.

— Escola! Vamos ver!

A "escola" – homens e mulheres – entoava uma nova marcha, a bateria rompia com entusiasmo. A multidão frenética, em pontas de pés, queria ver todas as caras, todos os corpos, naquele meneio infatigável de ancas e espáduas, com pés arrastados pelo asfalto da rua.

Miguel foi indo aos trambolhões, danado da vida. O desfile dos ranchos era bom, mas assim não estava certo: até aquela hora não fizera camaradagem com ninguém. Tinha graça? Não tinha. Precisava de aventura. Aquela do diabo vermelho estava no jeito. A idéia de que a morena se perdera ali mesmo na rua, a fugir dos rapazes e dos apalpões, desgarrada talvez da família, do pai ou do marido, deu-lhe um ímpeto quixotesco. Era preciso encontrá-la, defendê-la. Foi indo, acompanhando o povo.

Desembocou na Praça Tiradentes. Os ranchos entravam no Teatro João Caetano. Comprou um bilhete, entrou também. A iluminação profusa tornava sinistras aquelas caras de pretos e mulatos, uns com vestimentas pretensiosas, outros em farrapos, com umas camisas de malandro tiradas do trabalho e não compradas na loja de artigos carnavalescos.

Ia penetrar no recinto, cheio de mesas para a ceia, ao redor da platéia, preparada para o baile. Um dominó preto deu-lhe uma cotovelada. E com voz em falsete:

– Muito bem, seu Miguel, o senhor também por aqui, hein?

Ia responder; o dominó sumiu na turba. Sentiu-se confortado. Alguém o conhecia. Seria a dona da pensão? Era uma senhora viúva, que pelo carnaval se animava muito, deixava as filhas de um lado e escapava por outro. Diziam que freqüentava os bailes às escondidas. Seria D. Esméria?

Na cena, o pano levantava-se. Começava o desfile dos ranchos.

– Salgueiro! Salgueiro!

O rancho do Salgueiro, com estandartes azul e rosa, sapateava em ritmo de marcha. As vozes celestiais entoavam:

O Príncipe da Floresta

– É bom,

Vamos ver, não quero história,

Vou fazer pra ele uma promessa,

Si estivé errado, entrego a mão à palmatória!

Miguel não compreendia. Também não teve tempo de tentar compreender, porque na sua frente, de costas, estava o diabo vermelho. Teve o desejo explosivo de bater-lhe no ombro, dizer-lhe que o procurava desde a Rua Sete. Não, seria ousadia excessiva.

Nesse instante, o diabo vermelho voltou-se – estava agora de máscara, um *lou* de veludo preto – e duas filas de dentes brancos abriram um sorriso para Miguel.

Procurou reconhecer a moça. Quem seria? Estivera com ela num baile em Botafogo? Não atinou. O queixo era redondo e macio (parecia macio), a pele era fina, queimada de sol.

Por que é que ela lhe sorria? Sorriu também, atirou-lhe um jato de lança-perfume no seio.

– Que é do Francisco?

Francisco? Ele não sabia de Francisco nenhum. Porém, teve receio de perder o contato com o demônio vermelho, era melhor fingir que conhecia o Francisco.

– Está por aí. Desapareceu.

– Bom. Também, pouco me importo.

– Está um calor, hein?

– Horrível.

– Vamos dançar?

Ela acenou que sim com a cabeça e tornou a virar-se para o palco, onde agora outro rancho aparecia. O Morro do Querosene fazia furor... À frente, a madrinha, mulata esguia e requebrante, atraía todos os olhos. Com o cabo do estandarte de encontro à anca, arrastava pelo palco – as cuícas pareciam uivar de sensualidade, ruf, ruf, ruf – as sandálias pequenas, tão pequenas e tão meigas...

– É a boa! – gritou uma voz, no público.

Ruf, ruf, ruf... O demônio vermelho voltou-se para Miguel:

– O pessoal é louco por mulata.

Miguel sentiu qualquer coisa como o pudor ferido. O demônio vermelho não seria família? Bateram-lhe nas costas; uma voz quente sussurrou-lhe, bem junto da orelha:

– Já arranjou a sua cavaçãozinha, hein?

Era o dominó preto. Seria D. Esméria? Resolveria essa dúvida no dia seguinte. D. Esméria era muito caçoísta; à mesa do almoço (se houvesse almoço naquela casa de malucos, no domingo) mexeria com ele. "Eu sei, seu Miguel... O diabinho vermelho, hein? Eu sei..."

Não teve tempo de responder; o dominó preto abria caminho, pela mão de um velho careca, todo de branco, pançudo, com o ar de um presidente de clube. O diabo vermelho percebera a confidência, piscou um olho por baixo da máscara:

– O dominó preto gostou de você...

Miguel protestou: não conhecia. Não sabia quem era. Absolutamente.

– Não se enxerga?

– Ora vá...

Sopapos. Estabeleceu-se tumulto. Como fora? Dois rapazes, em luta corporal.

Miguel pegou o diabo vermelho pela cintura, para protegê-lo. O diabo vermelho ficara de um nervosismo extraordinário:

– Me largue, que horror! Me largue!

O conflito ameaçava generalizar-se. Outros espectadores trocavam murros. Das mesas, grupos levantavam-se, pedindo ordem. Um apito trilou dentro do teatro, misturando-se à música da bateria do rancho, em desfile no palco.

Um golpe na cabeça. Não viu mais nada, zonzo, caindo nos braços não sabia de quem.

Ainda estendeu a mão, querendo, por instinto, agarrar o diabo vermelho, que a multidão podia pisar.

Deu acordo de si no bar do teatro. Não fora nada: apenas um galo na cabeça. Pessoas amáveis rodeavamno, faziam comentários, perguntavam se estava sentindo alguma coisa... Ofereceram-lhe uísque. Agradeceu, bebeu o uísque, começou a rir.

– Não foi nada – tartamudeou, grato.

– É da escrita! – exclamou um mulato de cabelo escorrido.

– Fica firme, meu irmão! – disse outro sujeito.

O grupo dissolveu-se. Lá dentro, no teatro, o baile começara. A orquestra tocava um maxixe contagioso. Puxou o relógio: meia hora depois da meia-noite. Estava ruim, aquele carnaval. Se fosse para a pensão? Falta de sorte, puxa! Precisava amar. Precisava de aventura.

O demônio vermelho devia estar dançando. Foi procurá-lo de novo. Impossível! Entre milhares de mascarados – começou a perceber que havia mais de um diabo vermelho – seria difícil encontrar a pequena. Tinha um queixo redondo e macio. Os dentes muito brancos. Traços vagos, muito vagos, para um sábado de carnaval...

– Pssssssiu!

Uma mocinha vestida de marinheiro chamava pelo dominó preto. Pelo dominó preto? Por "um dominó preto". Também havia diversos. Intimamente, considerou que seria bom proibir fantasias iguais. Para evitar confusões. Besteira, que é que tinha? Nem haveria fantasias que chegassem. O carnaval era assim: tudo se confundia. Voltou ao bar, tomou outro uísque. O mundo começou a flutuar, deliciosamente. Suava. A camisa de seda estava colada ao peito, pegajosa. Dançaria ou não? Tipo da coisa irrealizável: não conhecia ninguém; e cada uma daquelas mulheres, com ou sem máscara, tinha os seus camaradas, os seus aderentes.

– Onde é que você andou?

O diabo vermelho – o "seu" diabo vermelho. Um furor de felicidade invadiu-o, sacudindo-o de resoluções súbitas.

– Vamos embora daqui.

Agarrou o diabo vermelho pela mão.

– Não posso, estou procurando o Francisco.

– Vamos – tornou, com ímpeto.

– Não, prefiro beber uma cerveja gelada.

Idéia ótima. Levou a pequena para o bar; pediu cerveja e pediu outro uísque.

– Não fale nada para ninguém, mas não estou aqui para me divertir, não. Ouviu? É um mistério.

– Ahn!

– Estou vendo se descubro meu marido. Nem queira saber, menino! Sou uma mulher triste. Tenho um grande, um grande mistério.

Miguel pediu explicações. E o Francisco? Por que é que ela falava em Francisco? Era o marido?

Lá dentro, o teatro reboava, sob o sapateio dos pares em delírio.

– Essa marcha é do outro mundo, menino...

– Não quero saber de marcha. Responda primeiro: quem é esse Francisco?

Um ciúme repentino encheu-o todo, misturado a pensamentos imprecisos, ameaças fluidas, vinganças abortivas.

– Você não estava com ele, meu filho?

– Com o Francisco? Não, não estava. Sei lá, quem é Francisco!

O diabo vermelho recuou um passo, deu uma gargalhada em que os dentes brancos apareceram perfeitos.

– Então você não é o Nequinho, que devia vir com o Francisco?

– Não. Não sou o Nequinho.

Acabara-se. Agora, só lhe restava partir. Não era o Nequinho. Com toda a certeza, ela ia despedir-se, secamente. Miguel ergueu a mão, ao ver que era forçoso dizer adeus. O demônio vermelho soltou outra risada (não sabia por quê, teve vontade de comer aquelas gengivas cor-de-rosa, como uma lasca de presunto) e segurou-lhe a mão, arrastando-o para o tumulto:

– É a mesma coisa! Vamos dançar.

A marcha infiltrava o êxtase. Estava no apogeu da felicidade física. O corpo do demônio vermelho era ágil, era leve, era flexuoso... Ia subindo para o céu, com o demônio vermelho encostado ao seu peito. Nem sentia os empurrões, os atritos, as pisadelas que lhe davam os outros pares.

De repente, ela parou.

– Espere!

Miguel não compreendeu nada. O demônio vermelho gritou:

– Francisco!

A voz foi abafada pelas flautas, pelos pistões, pelo trombone.

Não compreendeu. Esperava que o demônio vermelho explicasse o que era aquilo.

– Você me acompanha até em casa?

– Por quê?

– Estou me sentindo mal.

Melhor, tanto melhor. Saiu com a pequena. Na Praça Tiradentes, cheia de povo e de ruídos carnavalescos, tomaram um táxi. O táxi chispou por ali abaixo, atravessou a Praça da República, saiu no Mangue, cortou a Praça da Bandeira, enveredou pela Rua Mariz e Barros... Era povo que não acabava mais. Ranchos. Coretos. Batalhas...

O demônio vermelho fez parar o carro numa esquina.

– Adeus. Você é bonzinho.

Desapareceu atrás de um portão.

Seria família? Não era bobo, ele, de perder aquela oportunidade. Mas, se fosse família?

Desceu do carro também. Mandou embora o chofer. Sacudiu o portão: fechado a cadeado. Uma sineta abalou o silêncio. Esteve ali um tempo infinito. Na casa não havia luz, nem bulício. Tomou nota do número. Foi descobrir um botequim, aberto àquela hora da noite; procurou o telefone, pediu informações... A casa do demônio vermelho não tinha telefone.

Bebeu outro uísque, no balcão. Saiu tonto, com desejo de morrer.

Esperou um bonde, tomou-o, saltou na Lapa. Tomou outro bonde, foi para o Catete.

Tinha esquecido a chave da porta. D. Esméria veio abrir, estremunhada.

– Ué! A senhora aqui?

– Onde é que queria que eu estivesse? Meu carnaval é só na noite de terça-feira. Com estes trabalhos, meu filho!

As meninas é que foram se divertir. Mas que é isto? Está com dor de cabeça?

– Um pouco.

– Quer um sal de frutas?

– Se a senhora tiver aí...

Foi para o quarto. O demônio vermelho seria família? Quando D. Esméria lhe trouxe o copo de água com sal de frutas, estava quase dormindo, mas com uma tristeza horrível, um desejo insistente de morrer...

– Vou morrer, D. Esméria.

– Por quê, meu benzinho?

O quarto ficou às escuras. Os dedos de D. Esméria eram suaves. Na rua passavam automóveis, buzinando; mulheres davam gargalhadas; sarcásticos, os reco-recos vertiginosos enchiam a madrugada absurda, vaiando as casas adormecidas.

UMA CRIATURA SEM DONO

"Há sempre, na vida obscura dos jovens bacharéis que o governo manda para o interior, como delegados de polícia, dois elementos marcantes: a continência impecável do cabo entusiasta, comandante do destacamento, e as emoções de uma aventurazinha de amor. O fato de o governo andar a remover de três em três meses os seus delegados (em geral a pedido do diretório, porque três meses são o suficiente para o diretório desconfiar de que o jovem delegado não simpatiza com a administração da Câmara) determina, como conseqüência, a volubilidade sentimental dos bacharéis. É inconvenientíssima, para a educação da mocidade jurídica, essa movimentação constante dos delegados."

(De um relatório)

O carro chegava a Eugênio Lefevre. Uma preta silenciosa servia café com mistura num botequim improvisado na estação. Os outros passageiros, que iam para os Campos do Jordão, amontoaram-se apressados em torno da mesinha.

– Rápido, um café.

– Faz favor...

– De que é este bolo?

O frio cortava. Seriam duas horas da tarde, num dia brusco e ríspido. Cheguei a gola do capote às orelhas. Estava a mais de mil metros de altitude.

O motor do carro, posto de novo em movimento, estabeleceu a correria. Os níqueis foram atirados à preta silenciosa. O carro partia.

Apenas eu fiquei: era o único passageiro que ia para São Bento do Sapucaí. Tinha diante de mim quatro léguas de serra, por caminhos que eu soubera péssimos, desce morro, sobe morro...

O carro desapareceu, na curva da linha, barulhento, acordando a mata.

Fiquei só na gare invadida pela ventania gelada. Do teto da plataforma pendia um lampeão de querosene com a lanterna mantida por fios grossos de arame para resistir à violência das rajadas.

— Venta muito por aqui?

— Muito.

O agente esfregava as mãos para esquentar. Era baixo, nervoso, com um bigodinho preto destacando a fita gorda de um lábio insolente.

— Diga uma coisa: como é que eu me arranjo para chegar a São Bento? Há cavalos de aluguel por aqui, naturalmente.

Deu uma risada.

— É a primeira vez que vai a São Bento?

— A primeira.

— Vê-se. O senhor é viajante?

— Sou delegado de polícia.

— Hum! O novo delegado?

— Sim senhor.

— Hum!

Fiquei olhando o agente, como a querer uma explicação daquele "hum"! Ele concluiu uma reflexão íntima:

— Não pára delegado lá, hem, doutor?

— Não sei, não conheço o município.

— Bem, com licença.

E virou-me as costas, sempre a esfregar as mãos, como um homem satisfeito dos seus negócios.

— Espere um pouco: e afinal?

— Quê?

– Para que lado é São Bento? Onde se arranja o cavalo?

– Ué, aqui é impossível. O senhor devia ter pedido condução por telegrama.

– Eu ia adivinhar!

– É porque não adivinhou que está atrapalhado.

– Atrapalhação passageira e sem importância. Há de haver um remédio. Está claro que não vou ficar aqui na estação à espera de um aeroplano. Quero só que o senhor me informe: onde posso alugar um cavalo?

– Em Santo Antônio do Pinhal talvez consiga.

– Onde é isso?

– Daqui a três quilômetros, por aquele lado.

– Não há telefone?

– Há.

– Pois então? Já vê que não é tão difícil, pede-se pelo telefone.

– Qual! Não arranja assim. Hum!

Era a segunda vez que aquele "hum" me encabulava.

– Ora pílulas! Tudo para o senhor é difícil! Onde está o telefone?

O agente não gostou do meu "ora pílulas", como eu não gostara do seu "hum". Estávamos pagos.

Em caminho para a saleta onde havia o telefone, súbito uma idéia lhe acudiu. Girou nos calcanhares, exclamando:

– Há o alemão! É verdade, há o alemão!

– Que alemão?

Senti, por instinto, que esse alemão ia resolver o caso. Um alemão não podia deixar de resolver o caso.

– É a meio caminho de Santo Antônio. Ele talvez lhe arranje a condução. Talvez até uma charrete.

– Está vendo? Eu não dizia?

Evidentemente. A coisa não podia ser tão difícil. Eu conhecia o sistema: é impossível, é muito difícil; vai-se ver e não só é possível como é facílimo.

– O alemão também tem telefone. Eu falo com ele.

Melhor. Tudo se resolvia com simplicidade. O agente rodou de novo nos calcanhares e daí a pouco esgoelava-se no receptor:

– É o Max? Oh, Max! O delegado de São Bento quer condução para lá... Sim, São Bento... Não pode ser para hoje?... Hem?... Fala mais alto... Está bem, obrigado...

Pôs o fone no gancho.

– Está vendo? Eu não dizia que era difícil? Só amanhã.

– É uma solução.

– O senhor pousa na casa dele.

– Mais uma pousada! Pousei em Pindamonhangaba, pouso de novo aqui. Está bem. E como é que se chega à casa desse Max?

– O senhor vai até lá a pé, não há outro meio. Também, é pertinho: quilômetro e meio.

Soltei um suspiro. Tinha que ir a pé, pousar na casa do alemão e só partiria no dia seguinte... Enfim, chegava ainda a tempo. As eleições seriam só daí a três dias. Eu precisava estar lá. O governo fazia questão absoluta de que eu mantivesse a ordem e a liberdade eleitoral... Fosse tudo por amor da minha brilhante carreira policial, que eu começava por São Bento, eu, o bacharel Vitorino Glória, curso com distinção e discurso na festa da chave.

– Bem, seu agente, agora me ensine o caminho para chegar à casa do alemão.

Saímos para a plataforma. O vento cortou-nos a pêlo, de novo. O céu estava sujo, pressagiando chuva, as chuvas impetuosas de verão. Era novembro, o tempo das águas.

– O senhor passa aquela porteira e segue, segue sempre direito. Daqui a quilômetro e meio o senhor chega ao sítio do alemão.

– Não há perigo de enganar-me e passar?

– Qual! O senhor não está acostumado, vê-se... O alemão está com toda a certeza a sua espera.

Deu uma risadinha irônica.

– Vá por ali, não tem que errar.

– Não se consegue um menino para carregar esta mala?

– Ah, isso agora é outra conversa. Qual! Só se tiver a sorte de encontrar algum na estrada.

– Bem, até a volta, muito obrigado.

– Não há de quê.

Meio vergado ao peso da mala de mão, enorme, cheia de estourar, toquei na direção da porteira. O agente fez-me voltar a cabeça:

– Olhe...

Estava rindo outra vez.

–... aquilo é um povo danado... Não há delegado que pare ali...

Imbecil! Eu não lhe perguntara nada. Pelos modos, estava habituado a ver os delegados de polícia do município sucederem-se naquela gare, todos os meses, na contradança infinita, um em demanda da sede longínqua, outro de volta. Tive o desejo intenso, por um instante, de parar cinco anos em São Bento, só para desapontar aquela ironia perpétua do agente, ali encravada na serra, azarando o destino dos pobres bacharéis, como o complemento irritante da ventania áspera...

Vi-me para além da porteira. Era a estrada de Santo Antônio do Pinhal aquela faixa vermelha, lamacenta, com caldeirões que martirizavam as pernas. Se eu caísse, havia de ter graça! Afocinhava no tijuco e era uma vez o meu terno de casimira clara.

A neblina cobria os espigões, sob o céu brusco. Uma garganta funda formava-se ali, entre dois morros. Em baixo brilhava o córrego. Bela paisagem! E a mala pesava tanto...

...Apareceu a velha casa do alemão, com um jardinzinho rústico. Na porteira, em mangas de camisa, as mãos à cintura, chapelão desabado, botas de montar, Max saudou-me:

– Sim senhorrr!

– Boa-tarde.

Um alemãozinho de cabelo cor de palha de milho levou-me para dentro a mala.

– Então fai parra Zão Bento?

– É verdade.

– Nóis faiz a fiagem chuntas, amanhã.

– Não há meio de se ir hoje?

– Oh, não. Fai jover.

E apontou as nuvens negras acumuladas no céu de estopa encardida.

O sítio era num buraco. Em roda, morros altos barravam a vista. Reses imóveis, pelas lombas verdes, roíam o pasto. Num espigão, um pinheiro fincava o tronco vertical, abrindo em cima a copa redonda. Perto, qualquer coisa movia-se: era um cavalo badalando a cauda, minúsculo a distância.

– Boa-tarde.

A mulher do alemão, com um fedelho de mama dependurado ao colo, aproximou-se mostrando as gengivas num sorriso.

– As terras aqui são boas, seu Max?

– Oh, não. Griação. Só griação. Pasto, sim, muito pom.

Pelo menos, a criação de alemãezinhos era opulenta, porque, por trás da casa, começaram a espiar topetes de palha. É o próprio ventre da alemã, numa curva excessiva, anunciava a excelente colheita daquele ano.

Uma trovoada descarrilou pelo céu. Olhamos para o alto, num susto. Ia chover, entramos.

A alemã serviu-me um copo de leite.

Deitado a uma rede suja, a embalar-me, enguli lentamente a gordura deliciosa da nata.

– Ótimo leite!

– Ezblendida.

A alemã deixou-me só, a descansar na rede. Que solidão, na velha casa! E que aspecto de decadência nas paredes rachadas, com o reboco descascado!

Dependurados, retratos de generais prussianos, de coco rapado a navalha e reluzentes, davam a nota da cultura naquela sala de fazenda antiga. E cartões postais, pregados a taxinha, reproduziam cenas de batalha, com massacres de franceses implorantes.

Foi aí, nesse ponto melancólico das minhas reflexões de bacharel esquecido, esquecido naquele pedaço de serra a caminho de uma delegacia de ínfima classe, que apareceu o meu consolador.

Chegou-se a mim, voluptuoso e sutil. Alisou-me com o dorso friorento a barra da calça. E estendeu-me a cabeça viva, inquieta, onde os fios do bigode em espeto eram como alfinetes distribuídos no veludo negro do focinho...

Foi a primeira manifestação de carinho nacional recebida naquela casa onde os moradores eram estrangeiros, de uma raça que eu não compreendia. Ah, que sensação de ter junto de mim, num país distante, um compatriota!

– Toma... Toma... Pequenino cônsul do Brasil neste pedaço da Alemanha... Toma...

Ele devia ter ficado satisfeito ouvindo falar português. Meteu o focinho ávido no copo e esticou para o fundo a língua cor-de-rosa, navalhando o leite a golpes rápidos.

Tomei o cônsul nos braços e fiquei a acariciá-lo, ao vaivém da rede rangente. Brancas gotas de leite lhe aperolavam as pontas dos bigodes.

Súbito, o estardalhaço da trovoada, de novo. E uma rajada de chuva invadiu a sala, pelas janelas, molhando as tábuas carcomidas do assoalho.

O aguaceiro era violento. No jardinzinho rústico as rosas de todo ano desfolhavam-se.

À porta que comunicava para dentro apareceram então, encarreirados, com um dedo idiota espetado na boca, quatro pequeninos prussianos a espiar.

Procurei no cérebro uma coisa qualquer, em alemão, para entrar em relações simpáticas com eles.

De repente, luminosa, uma palavra surgiu na minha memória, como um jato isolado de repuxo mágico. E sorrindo, a passar a mão pelo focinho dorminhoco do cônsul brasileiro, exclamei, com a mais amável intenção do mundo, para aqueles quatro embrionários representantes da cultura:

— Catofles!

* * *

Meu quarto era simples: uma cama antiga e estreita, dois cobertores grossos aos pés e uma mesinha ordinária, com uma bacia cheia d'água. Ao lado da bacia, uma toalha dobrada.

Eu já descansara bastante quando o alemão veio bater-me à porta:

— Xandar!

Anoitecera.

Saí para o corredor escuro. Na sala de jantar um lampeão de querosene, com o vidro enfumaçado, produzia uma luz amarela, de agouro.

Dei boa-noite e uma voz de mulher respondeu-me, da ponta da mesa.

— Boa-noite, doutor.

– O telegado de Zão Pento... A senhorra Issapél...

Era uma apresentação? No lusco-fusco do lampeão não podia distinguir as feições daquela Issapél. Vi apenas que ela balançara a cabeça, murmurando "muito prazer".

Da penumbra veio um frouxo de tosse.

Sentei-me.

Pouco a pouco me fui habituando à meia claridade e distingui então a fina figura pálida de Isabel.

Eramos três à mesa: Isabel, eu e o alemão. Mastigávamos, em silêncio, a dura carne de um boi magro.

Houve troca de amabilidades entre Isabel e eu. Passei-lhe o prato de feijão. Ela ofereceu-me uma salada de alface.

No fim do jantar, servi-lhe goiabada com queijo. E fomos tomar café na sala de visitas, ao embalo da rede.

Estava passando uma temporada ali naquele trecho da serra. Andava fraca, precisava de ares... Contou-me isso num fio de voz. E mais: um tio vinha vê-la todos os quinze dias. Engordara dois quilos. Porém, que tédio!

Sabia jogar damas. Como houvesse ali a um canto um tabuleiro, dispusemo-nos a jogar uma partida.

O alemão ficou caceteado e deixou-nos a sós.

Uma intimidade crescia entre nós, desembaraçadamente. Era a segunda manifestação da pátria, do sentimento nacional, do conforto do sentimento nacional...

Tossia um bocado, levando à boca a ponta dos dedos.

E como fizesse frio, nossos joelhos, encontrando-se, trocaram um calor consolante, numa solidariedade inocente.

Ficamos uma longa hora a mover pedras. O relógio bateu oito pancadas fanhosas. Bocejamos...

* * *

De fato, o governo me removeu de São Bento meses depois. Minha presença era antipática. Não era possível a um cérebro tão agudo como o meu deixar de penetrar nos mistérios da administração municipal. Tornei-me incompatível. Um decreto mandou-me para Conceição do Monte Alegre, que eu também não sabia onde era.

Em São Bento ficaram, saudosas, a minha espera, diversas moças que prometi pedir em casamento nas próximas festas da semana santa. (É o sistema do interior: promete-se voltar no tempo das festas, para o pedido.)

De torna-viagem – eu escrevera a Isabel, avisando-a da minha passagem – parei na casa do alemão. Isabel, mais magrinha do que antes, quase desfaleceu de contentamento.

– Você pousa hoje aqui... – suplicou.

Pousei. O cônsul brasileiro (pus-lhe o nome de Jerônimo, que muito convém a um gato, por dar uma idéia de indivíduo gordo e preguiçoso) tornava doce, juntamente com Isabel, aquele penhascoso sítio.

– Fica mais um dia...

Assim, de súplica em súplica, fiquei oito dias no casarão do Max.

Isabel... Oh, era preciso acabar. Uma tarde mandei levar a mala para Eugenio Lefevre, na hora do trem que subia de Pindamonhangaba; e, despedindo-me de Isabel, de supetão, fui-me embora.

Max levou-me de charrete até a estação. Eu queria conhecer os famosos Campos do Jordão, a grande feira nacional dos tísicos. Dizem-me sempre que é também uma grande feira sentimental.

Não era possível ter sido delegado do município sem aproveitar a ocasião para ver aquele distrito, pedaço dos Alpes Suíços encravados numa serra paulista, com povoações novas entre matas de pinheiros, cuja exalação resinosa os pares de namorados pálidos vão respirando pelos caminhos, de mãos dadas, trocando beijos e bacilos...

O agente deu uma risada gostosa quando me viu.

– Eu li no jornal a sua remoção.

Respondi rindo do mesmo modo:

– Eu também li.

Ele não se desconcertou; acrescentou vitorioso:

– Eu não falei que o senhor não parava lá?

– É verdade... Grande perda para São Bento e para mim!

O carro chegava de Pindamonhangaba, anunciando-se pela serra com o barulho forte do motor a gasolina.

Por coincidência, o colega, meu substituto, vinha nesse carro. Era um pouco idoso, de óculos, com um revólver de cano comprido na cintura, tão comprido que aparecia por baixo do paletó. Tinha um ar de delegado feroz.

Trocamos cumprimentos, mas abstive-me de dar informações sobre São Bento. Mordido por um vago ciúme imbecil, insisti muito com ele para que fizesse a viagem no mesmo dia, ainda que debaixo de chuva. Ia cair uma carga d'água formidável.

Sussurrei-lhe no ouvido que a pousada ali, em casa de um certo Max, era detestável. Porém, o Max aproximou-se, pôs o focinho na nossa conversa e fez os oferecimentos mais cativantes. O colega de óculos hesitava, encarando o céu onde a chuva parecia dependurada, prestes a desabar.

O carro anunciou a partida. Despedimo-nos. Qual, aquela casa do Max estava destinada a ser a caixa de surpresa dos delegados do município na sua viagem de estréia!

O carro partiu, levando-me para os Campos do Jordão.

* * *

Não pude conhecer nada. Chovia torrencialmente quando cheguei à Vila Abernessia. Fui para uma pensão onde me diziam que "não se aceitavam doentes". Depois, percebi que era um aviso inofensivo: só havia doentes.

Fiquei apreensivo, à hora do jantar, entre sujeitos gordos, vermelhos, e outros mirrados, de ossos salientes.

Hum! Como rosnaria o agente de Eugenio Lefevre. Que ficava eu fazendo entre desconhecidos que tossiam, numa pensão de portas envidraçadas, vendo a chuva cair sobre um povoado triste?

Aquilo podia ser muito bonito com o sol. Era com o sol que os pares de namorados, pelos caminhos, trocavam bacilos e beijos...

Não cheguei a abrir a mala. No dia seguinte desci.

Todos ficaram dizendo que eu era sem juízo. Ir-me embora sem verificar a temperatura durante um mês, sem mandar fazer uma boa radiografia dos pulmões, sem estar certo de que não tinha nem mesmo uma infiltraçãozinha nos ápices...

* * *

Em Eugenio Lefevre me esperava uma surpresa: Isabel estava na plataforma. Tinha um chapeuzinho vermelho a cobrir-lhe metade do rosto. Embarcou.

– Desce também?

– Desço.

– Vai a São Paulo?

– Não sei.

– Desce por uns dias?

– Para sempre.

Estava de mau humor. Também, o barulho do carro, serra abaixo, rolando rápido, não nos deixava conversar.

Que teria havido na existência daquela pobre criatura?

Fiquei com curiosidade de perguntar-lhe se o delegado novo pousara em casa do Max, mas temi ser indiscreto. Provavelmente ela havia jogado damas com ele.

Em Pindamonhangaba, no hotel do Brandão, Isabel almoçou à minha mesa. E, diluindo súbito o azedume, iluminando-se de um riso nervoso, de fundo irônico, me confiou:

– Aquele delegado que chegou ontem é que é meu marido.

Larguei o garfo, perplexo.

– Aquele de óculos? O gordo? Meu substituto?

– Claro. Aquele mesmo. Estou separada dele há dois anos.

Não era possível! Uma coincidência dessas não acontece na vida! Fosse contar isso a outro! Ela mentia, fantasiava, fazia romance!

– Tivemos uma cena danada quando nos encontramos. Ele saiu imediatamente e foi jantar em Santo Antônio do Pinhal. O Max levou ele.

No fundo, tive um alívio. O novo delegado, então, não jogara damas, não pousara?

Isabel roeu uma coxa de frango com o desembaraço de quem tem a consciência tranqüila. E concluiu, depois que atirou o osso no prato, limpando a ponta dos dedos no guardanapo:

– Diga, você conhece um lugar de bom clima onde eu pudesse aproveitar uns dois meses? Campos do Jordão não quero, tem muitos doentes.

Passei em revista, na memória, todos os lugares de bom clima de que ouvira falar.

– Cunha! – exclamei. É uma maravilha, a oito léguas de Guaratinguetá, estrada de automóvel.

Mas ao mesmo tempo me arrependi. O promotor de Cunha, meu colega de turma, era um sujeito implacável: ia roê-la, certamente, com a mesma tranqüilidade metódica e sinistra com que Isabel roera aquela coxa de frango.

E, ridículo, sem saber o que fazer daquela mulher que me pedia um conselho climatérico, veio-me ali (por efeito do vinho, ou do calor), um desejo chato de dizer a Isabel que tentasse uma reconciliação com o marido.

– Você não quer? Olhe que você pode ser muito feliz!

Ela me olhou com ódio.

* * *

Saí para levar cartas ao correio. Na hora do rápido procurei Isabel. Tínhamos combinado embarcar naquele trem.

O gerente do hotel, um baiano grosso de largo riso sarcástico, me informou que ela estivera conversando longo tempo com um viajante português e afinal tomara um automóvel com ele: tinham seguido para Taubaté.

– Um tal Sousa, de uma drogaria do Rio.

Oh! Deus meu!

Coitadinha. No fundo, uma criatura sem dono.

MADAME RENON & SOBRINHA
MODISTAS

Íamos numa alegria deliciosa. Eu chegara do Espírito Santo, onde afundara três anos no mato, na exploração de madeiras. Vinha rico e feliz, duas coisas igualmente muito agradáveis. E justamente encontrara, a jantar solitário na Brahma, o meu incomparável Martins, Rafael Martins, diretor de várias companhias em Santos, homem que transformou a vida numa propriedade particular.

– Martins, *king of life*!

Martins comia rãs douradas e levantou-se para mim de braços abertos, a ponta do guardanapo enfiada no colete à velha maneira.

– Chicão! Meu caro Chicão! Chicão!

Palmatoou-me as costas, com uma energia de sujeito musculoso que pratica esportes.

Exigi então que as rãs fossem retiradas da mesa. Não tenho paladar para tais requintes de cozinha. Não posso mesmo tolerar na minha frente um prato desses bichos.

Nosso jantar, com explosões expansivas, foi um jantar de homens contentes. Infinito Martins! Sempre variado, anedótico, efervescente.

– Aonde vamos? – perguntamo-nos ao sair da mesa, acendendo os charutos.

A noite estava quente e luminosa. Noite carioca, excitante, impelindo ao desconhecido, ao acaso saboroso das aventuras... Em mim a sensação principal era a de um deslumbramento de provinciano. Três anos fora do Rio! Desejava naquele instante quinhentas bocas para beijar (oh! muito humildemente!), as quinhentas mulheres belas que encantavam as ruas barulhentas.

– Olha, vamos ver as espanholas no Lírico?

– Deve ser uma idéia excelente. Que espanholas são essas?

– É uma companhia de zarzuelas. Coisa fina.

– Então toca!

Tocamos para o Lírico.

Na bilheteria, onde um magote de gente se apertava, Martins adiantou-se:

– Tenha paciência: cabe-me.

– Ora!

Munidos dos bilhetes, íamos entrar tranqüilamente, como dois burgueses simples, sentindo a anônima delícia de ter dinheiro e de poder mover-nos à vontade no vasto cenário da existência. Aí, vi Martins desbarretar-se súbito e avançar para alguém:

– Madame, *quel plaisir!*

Uma mulher muito enfeitada, dessas que têm cinqüenta anos e são sempre moças, sempre frescas, sorria estendendo-lhe a mão. Ao lado, uma loirinha, envolta numa suntuosa echarpe de renda negra, olhava com indiferença para Rafael. Um sujeito moreno, lustroso, evidentemente nortista e evidentemente marido de uma das duas, esperava a apresentação num silêncio de importância e dignidade. A madurona, então, apresentou Rafael ao sujeito.

Ficaram conversando um momento, com muitas amabilidades. Rafael em vão procurava arrancar uma palavra da loirinha: ela não respondia, reta, inflexível. Então Rafael fez sinal para que me aproximasse:

– Peço licença para apresentar o meu amigo, um dos maiores madeireiros do Espírito Santo...

Fui apresentado à brilhante madame Renon, modista eminente da rua do Ouvidor, assim como à sua emburrada sobrinha e ao marido, o bacharel Agamenon Pompeu de Oliveira.

A velha madame Renon era amável, irradiando sorrisos e uma espirituosa satisfação de viver. (Dessas pessoas a quem a gente nunca teria ânimo bastante para perguntar o que pensam do problema da morte e outros assuntos sérios.) Quis que fôssemos para o seu camarote. Insistiu. Expandiu-se em bondade. A sobrinha, ao lado, continuava muda como um pau.

A velha madame Renon teve então uma idéia: que fôssemos almoçar no dia seguinte com ela! Oh! era tão agradecida ao dr. Rafael Martins! Não faltasse! Há que tempos não se viam!

Rafael prometeu. Eu fiz um vago gesto de aquiescência e agradecimento.

Agamenon teve muito prazer em conhecer-nos, segundo secamente exprimiu numa falinha doce, com os rr arrastados na abóbada palatina. A loirinha, muito enrolada na echarpe de renda negra, toda loira e toda indiferente, partiu desdenhosa com o ar deslumbrante de uma boneca num conto de fadas.

Ficamos na calçada do teatro.

– Entramos?

Rafael não respondeu, nem andou. Estava aéreo.

– Impressão forte, hein? – perguntei tímido, cheirando velhacaria.

Riu-se. Depois, banalmente, articulou:

– A vida tem coisas!

Tem. Por exemplo: essa que sucedeu a Rafael. Supliquei que a contasse...

Enquanto não se abria o velário, derramados nós dois nas cadeiras da fila H, Rafael fez a confidência, baixo, sussurrante, para não perturbar os vizinhos, gente gorda, a abanar-se de calor.

A história nasceu de uma carta que Rafael recebeu de Marselha de um amigo brasileiro, negociante de café. Anunciava-lhe a próxima chegada a Santos de madame Renon e sua sobrinha: vinham para montar uma casa de modas naquela cidade. Pedia o prestígio, o apoio forte de Rafael para elas.

Rafael teve negócios, viajou, de modo que quando voltou a Santos já as duas modistas tinham chegado da França e estavam hospedadas no Parque Balneário. Foi visitá-las e pôs-se inteiramente à disposição delas. Nessa visita cerimoniosa, tudo ficou em troca de amabilidades. Estavam encantadas com o mar, o céu, a luz do Brasil... Não, não precisavam de nada, felizmente. Agradeciam muito.

Passados dias tornou a vê-las na sala de jantar do hotel. Foi cumprimentá-las, perguntou-lhes pelos negócios. Andavam tratando de montar uma casa na rua 15 de Novembro. Esperavam apenas certos dinheiros da França. Demoras de banco, Rafael pôs-se às ordens: ele estava ali para servi-las.

Ora, Rafael tinha o hábito não só de almoçar às vezes no hotel, com amigos, como também de ir lá todas as tardes tomar o aperitivo. Assim, freqüentemente conversava com *mademoiselle* Renon e a tia: ambas interessantes, apesar das diferenças de tipo e idade. Os modos de madame eram afetuosos. Os de *mademoiselle*, ainda que um pouco distantes, um pouco desdenhosos, não eram hostis.

– Você está vendo, Chicão: uma pequena deliciosa.

Lá estava, num camarote, a família Agamenon. Ofuscava, aquela cabecinha loira.

Com o correr dos dias, o estreitamento da intimidade, a ligação dos interesses (Rafael estava a enterrar-se em endossos de letras), ele sentiu a vertigem da encantadora aventura. Parecia-lhe até que madame Renon o incitava. No íntimo, tinha um jeito benévolo, como que a promessa de fechar os olhos a qualquer inclinação da sobrinha.

Em todo caso, Rafael hesitava. No Parque Balneário morava Pepa Nunez, uma uruguaia que ele mantinha e era a razão inteligente dos seus aperitivos vespertinos no bar do hotel. Pepa faria um escândalo teatral se descobrisse qualquer coisa entre ele e *mademoiselle* Renon.

Mas uma tarde encheu-se de coragem. Uma arrumadeira o informara que *mademoiselle* Renon estava só no apartamento e que a tia devia ter saído para ir à praia. Ora, isso coincidia com a atitude supremamente animadora que na manhã desse dia, na cidade, notara em madame Renon. Ela estivera com a sobrinha no escritório de Rafael, com o contrato da casa para a instalação da loja de modas: Rafael oferecera-se para fiador. E observara, positivamente observara – ah, desta vez tinha certeza! – que madame Renon era uma senhora razoável que compreendia o grato dever das permissões complacentes, como compensação razoável à fiança, aos endossos e aos empréstimos. Porque também já lhe emprestara uns contos de réis: para serem restituídos logo que chegasse da França o dinheiro esperado.

Andou pelo corredor afora. Então Jeannete estava só? Oh, que pulsar agitado de coração! Tinha a sensação medrosa de um estreante. O sangue precipitado anunciava-lhe um grande acontecimento.

O corredor estava deserto e ele parou à porta. Escutou um instante com o ouvido colado: não havia rumor lá dentro.

Fosse o que Deus quisesse: abriu a porta e entrou. Jeannete estava de penhoar cor-de-rosa, sentada no divã, a concertar o chapéu. Ergueu-se espantada.

– Perdoe, a criada não me anunciou?

Não, não o anunciara – fez ela com a cabeça enérgica. Rafael pediu novos perdões, mas foi entrando e fechando a porta atrás de si.

Jeannete tomou então uma atitude altiva, a olhá-lo com um protesto irado chispando nas pupilas claras.

Vendo a situação difícil, Rafael arrependeu-se. Tentou por isso uma solução desesperada: atirou-se a Jeannete, num abraço bruto, de atração.

– Oh, *monsieur* Rafael!

Ela sacudia-se, presa.

Em dado instante, Rafael perdeu o equilíbrio, tropeçou nos pés de Jeannete e caiu com ela sobre o divã. Viu-se então, surpreso, a pesar com toda a massa do tórax em cima do frágil corpo. Sem saber como atenuar a brutalidade e sentindo nas narinas a mansa penetração de um cheiro de sândalo – dos seus cabelos? da sua pele? –, pôs-se a murmurar confissões apaixonadas, em frases de curto fôlego, aos repelões. Que a adorava. Que estava completamente doido por ela. Que o perdoasse. Que ela era um amor.

Jeannete defendia-se, colérica, numa obstinada repulsa; porém, Rafael recordava os sorrisos de madame Renon, os endossos, os contos de réis, tudo: e sentia uma audácia nova reanimá-lo.

Uma bofetada estalou no rosto dele, enraivecendo-o. A luta continuou, metódica, em silêncio agora – luta de empurrões e de enlaçamentos frustrados. Até que ele perdeu a paciência e segurou-a pelos pulsos, com uma força covarde, para magoá-la:

– Fique quieta, seu diabo!

Jeannete não sabia português. Não entendeu a frase, como não entendera as confissões. Mas as palavras ali eram inúteis: tudo o mais já era bastante nítido e eloqüente.

De repente, ela exclamou indignada:

– *Eh bien, voilá.*

E cruzou os braços sobre o peito. Ficou imóvel, sobre o divã, abandonada. Uma alegria frenética invadiu Rafael.

Instantes passaram-se, longos e angustiosos para ele. Uma sensação de distância, de indiferença, cavava-lhe um vazio em torno. Como que aquela criatura atraente, pela qual fizera a burrada, estava revestida de um invisível fluido neutralizante.

De olhos cerrados, ela esperava.

Um desespero apoderou-se dele. Sentiu uma vergonha humilhante, uma vergonha irremediável, definitiva, uma vergonha para todo o resto da existência.

Em silêncio, sempre de olhos cerrados, ela compreendia tudo e um sorriso começou a franzir-lhe o canto da boca.

Novos minutos passaram-se. Rafael deu socos no rosto. Sacudiu os braços ao alto, ameaçando o céu.

O fino sorriso irônico estava agora parado, fixo, como um traço normal da fisionomia. Reparou que pela boca entreaberta aparecia, quase imperceptível, o ponto branco de um dente. Odiou Jeannete.

Ergueu-se de arranco, com uma nuvem de cólera a cegá-lo.

Enfiou-se por uma porta que encontrou aberta, ligando o aposento a outro. Conduzia-lhe os passos um instinto desordenado de esconder-se, de escapar à humilhação daquele sorriso. Atirou-se a uma cama. Era provavelmente o quarto de madame Renon.

Estava assim, revoltado, querendo chorar sem poder, com as mãos cobrindo toda a cabeça, quando a porta do corredor abriu-se e entrou, de volta do seu passeio à praia, a velha madame Renon.

Ela parou perplexa: mas quando reconheceu Rafael deu uma risada.

Fechou a porta e caminhou para a cama em que ele continuou deitado, com a cabeça coberta. Sentou-se à beira, sempre a rir-se, a perguntar que mistério havia naquele extraordinário encontro. Ele estava doente? E ao perguntar-lhe isso tomou uma inflexão carinhosa, cheia de cuidados. Ficara doente? Entrara ali por acaso? Queria alguma coisa? Tomou das mãos de Rafael, a ver se tinha febre. Apalpou-lhe o rosto: oh! estava quente! estava com um pouco de febre!

Então, à carícia daquelas mãos afáveis, Rafael sentiu um estranho conforto. Olhou fixamente madame Renon: viu-a sorridente, com uma doce feminilidade no rosto gordo que os anos não conseguiam envelhecer. Apesar das sardas e de uma ligeira penugem, exalava-se daquele rosto uma frescura indefinível que acendia ternuras em Rafael. Toda ela, assim gorda, assim maternal, tinha um jeito suave que inspirava agradecimento e meiguice. E ao insistir com ele sobre se estava doente, juntava os beiços num momo de carinho, como se falasse a uma criança. Rafael queixou-se de muita dor de cabeça. Ela debruçou-se mais, apalpou-lhe de novo as têmporas, deitou-se ao lado, com a cabeça no mesmo travesseiro...

Nesse ponto da narração Rafael tirara o lenço de seda, que espalhou em roda um perfume agradável.

Eu esperava o resto, ansioso pelo desfecho, pelos detalhes, por todos os detalhes, não devendo esquecer-se, em meu abono, que o desterro de três anos nas matas do Espírito Santo aguça num homem como eu a curiosidade crua dos detalhes e dos desfechos.

— A vida tem coisas, seu Chicão! — tornou Rafael a filosofar, dando-me uma cotovelada.

Fiz que sim, mas apenas com a cabeça, não querendo falar, não querendo interrompê-lo.

— Veja você, Chicão: veio para o Rio, e estabeleceu-se com o meu dinheiro, e encontrou um bacharel para a pequena, e está rica, e está notável, e quer que vamos jantar com ela no Hotel Beau Séjour em Santa Teresa. Vamos mesmo?

Riu-se para mim. Não respondi: fiz somente um gesto com a mão, pedindo-lhe para não divagar: eu queria ter absoluta certeza do desfecho!

– E afinal? – fiz impaciente.

Tornou a rir-se, cínico, satisfeito de ver-me preso a um capítulo da sua vida. Aquele riso poderia dizer muita coisa para outros, para quem não tivesse passado três anos no interior do Espírito Santo: pois não é preciso maior número de anos, nem é preciso outro interior de província, para extinguir num indivíduo o gosto pela reticência e substituí-lo pelo despotismo do pão-pão-queijo-queijo.

– Que é que você quer saber mais, vamos lá!

Tive um irreprimível movimento de excitação. A velha madame Renon, lá em cima, no camarote, punha o binóculo sobre nós. Sobre mim?

Aí, a orquestra já ensurdecia o teatro. O velário abriu-se. Palmas e ululos ressoaram nas torrinhas. Quarenta mulheres jovens, de lindas formas, razoavelmente seminuas, sacudiam as ancas, meneavam os braços, cantando e dançando ao som de castanholas e de pandeiros. Começava a função da Grande Companhia de Zarzuelas de Madri. *Viva la gracia*!

Rafael estava maravilhado. Aprumado na cadeira, esquecido de que devia a Francisco Guedes Nunes, madeireiro no Espírito Santo, o fim minucioso da sua história, seguia com um interesse agudo o jogo de formas das quarenta espanholas encantadoras.

Em cima, no camarote, ao lado da loirinha e do bacharel, a velha madame Renon debruçara-se atenta, deliciada, apertando o seio gordo contra o balaústre. Um braço cheio, carnudo, pendia: e a mão, a mão afável que fora a terapêutica eficaz para Rafael, irradiava de anéis.

— Repara naquela alta, de cabelo preto — disse Rafael indicando com a ponta do nariz uma das espanholas. Aquela à direita, a terceira a contar do fundo... Repara, homem!

Eu tinha os olhos na velha madame Renon.

CLUBE DAS ESPOSAS ENGANADAS

Parti para Petrópolis naquela manhã mesmo. Agora, todos os perigos ficavam para trás, na planície. Perto da Raiz da Serra, quando os primeiros lírios me enviaram aromas, apoderou-se de mim um desejo imenso de saber a fundo o Direito Marítimo, a História Diplomática, o Internacional Privado. A natureza agia por contrastes: em vez de um completo abandono do meu ser ao gosto físico de respirar, eu experimentava uma vontade intensa de conhecer pelo miúdo o Tratado de Tordesilhas – e parecia-me sentir, transfigurado pela paisagem, o cheiro de papel velho dos meus volumes de ciências. O trem galgava as ladeiras. O ar balsâmico do mato infiltrava-me a consciência perfeita de uma libertação. Acompanhando a estrada, arvoredos silvestres davam na janela tapas afetuosos, com ramos longos, debruçados. Era a natureza que me enviava mensagens. Lá em cima, na cidade silenciosa (maio inaugurava a estação morta) a existência nova começaria – a paz fecunda dos estudos, a tranqüilidade do quarto cheio de sol e, pela noite adiante, a boa lâmpada em vigília.

Instalei num quarto do Hotel Max Meyer um pequeno quadro-negro que levara, os mapas murais e os livros. Dali agora ninguém me arrancava, a não ser o próprio Ministro das Relações Exteriores no dia das provas escritas, quando os jornais publicassem a chamada.

Como ficaria tia Clarice, ao saber da defecção? Furiosa, naturalmente.

Caprichei na longa carta que lhe escrevi. Argumentei com a verdade abundante. Entre os motivos que me assistiam estava aquela irritante indagação dos amigos, quando agora os encontrava. "Então, Clarimundo, como vai o clube?" Outros me batiam nas costas: "Seu felizardo, então essas esposas enganadas?" Não era possível continuar no Rio enquanto durasse aquela brincadeira. Era preciso riscar o meu nome da fachada do clube invisível. Depois, as funções de secretário, que a princípio eu julgara leves, eram trabalhosíssimas, a julgar pelas primeiras cinqüenta e tantas cartas. Só a correspondência me tomaria o tempo inteiro. Assim, como o concurso se aproximava, só em Petrópolis eu poderia – em criatura de memória infiel – ter sossego para recapitular certos pontos de direito, de história, de geografia, de línguas, particularmente ingratos à minha retentiva caprichosa.

Terminava oferecendo-lhe a chave do apartamento, que deixara com Lúcia, e acrescentava: "Espero, minha boa tia, que a senhora disporá com franqueza de todo o espaço e de todo o mobiliário. A casa é sua. Entre os meus livros, há alguns que podem interessar à biblioteca futura do clube. Permito-me desde já assinalar a Fisiologia do casamento de Balzac."

Tia Clarice telegrafou: "Ingrato desnaturado exijo explicação insinuações Fisiologia Casamento." Ora essa, o livro devia ser útil ao clube.

Mandei-lhe então uma enorme cesta de hortênsias.

Desta vez ela tornou mansa, com um simples cartão, mas surpreendente: "Trânsfuga! Os jornais falam cada vez mais em você."

Era verdade. Tendo publicado a segunda notícia, que tia Clarice lhes enviara pelo correio, os cronistas insistiam nas referências ao meu nome. Dava para desesperar.

Tomei a resolução de não ler mais jornais. O trabalho absorveu-me. Só uma recordação vinha perturbá-lo à noite, na hora avançada (por vezes alta madrugada) em que eu me enfiava dentro dos lençóis gelados...

Sem dúvida, podia considerar-me um sujeito invejável. Deliciosa Lúcia... A modéstia, entretanto, me aconselhava a não dar importância àqueles caprichos de uma noite. Não era de crer que Lúcia tivesse por mim um sentimento durável. Fora tudo, como no verso de Bilac, resultado da

> *... cumplicidade*
> *Da sombra, do silêncio, do perfume...*

O cavalheirismo consistia em não lhe escrever, em não lhe dar notícias minhas. O contrário pareceria presunção de quem se inculca. Quando viesse a encontrá-la de novo no Rio, exageraria minha frieza, requintaria na polidez superficial.

No entanto, ela pediria a tia Clarice o meu endereço. E uma tarde ouvi pelo telefone uma doce voz que me chamava de malcriado, de *mufle*, de monstro... Essa voz tornou nítida e tentadora na minha imaginação a imagem adorável.

– Não é possível explicar coisa alguma pelo telefone...

– Então desça ao Rio. Desça hoje.

– Não é possível! – gemi.

– Bom, nesse caso, vou eu...

Meu coração bateu deliciado. Lúcia, ali no Max Meyer, sozinha comigo, na noite fria de maio, exalando *"Ce soir ou jamais"*... Súbito, uma covardia de complicações me invadiu. O major ia chegar de um momento para outro, descobrir, fazer um escândalo... Adeus, concurso! Não poderia apresentar-me ao concurso coberto de escândalo.

– Pelo último trem. Adeus.

– Alô? Ouça...

– Pelo último trem. Adeus.

Chirriou um beijo garoto e desligou.

Já no resto daquele dia não pude trabalhar. Meu desejo era ir por ali, pelas ruas ermas, sob as árvores, absorvendo no ar úmido o contentamento de viver. Da janela, eu olhava com ternura o casario da cidade.

Os vilinos estavam fechados. Nos jardins abandonados havia hortênsias empalidecidas e rosas que se despetalavam. Ao sol brusco, seria bom ir à toa, com Lúcia pelo braço, fazendo projetos, dizendo tolices meigas, até que a noite nos encontrasse perdidos pelos caminhos da Westfalia ou da Cascatinha.

Em todo caso, ela viria – viria quando fosse tarde, pela noite adentro, e quando uma fria neblina envolvesse o sono da cidade, com os lampiões amortecendo nas esquinas, as águas do Piabanha correndo geladas entre os barrancos.

"Da natureza jurídica do navio. Sua individuação: nome, capacidade, domicílio e nacionalidade." Era odioso, o Direito Marítimo. Desci ao bar do hotel para ouvir gramofone e preparar a alma com um tango argentino.

À noite, pelo último trem como dissera, Lúcia irrompeu na plataforma da estação, descendo ágil do carro ainda em movimento, espalhando no ar *"Ce soir ou jamais"*. Foi-me estendendo a boca e dizendo:

– Cínico!

Voltou ao Rio no dia seguinte muito cedo.

Tonto de êxtases prolongados, vaguei por Petrópolis, achando um acordo inefável entre a minha euforia e aquela bruma insinuante, que convida aos sentimentos delicados.

Era amor que eu sentia? Qualquer coisa de inquietante, sim... O princípio da paixão... Ou era apenas a alegria do episódio? Não, devia ser amor, o grande e esperado amor...

Por trás dos morros, a claridade do sol ia-se tornando mais nítida, a bruma começava a esgarçar-se. Dentro de mim parecia haver também claridades nascentes. Até então eu supunha que o amor, o grande amor que aparece nos romances e nas lendas, só se alimentava de impossibilidades – pertencia ao nobre domínio da imaginação. Parecia-me absurdo que ele sobreviesse à força dos sentidos, revelação nova. Todas as minhas noções, até aquela data, se resumiam, mesquinhas e fáceis, no verso mesureiro da "Ceia dos Cardeais":

A conquista era tudo, a posse quase nada.

Estava perplexo. Seria verdadeiramente o amor? Nesse caso, ele nascia *depois*...

O que eu poderia chamar a *conquista* provocava-me um sentimento de pesar. Teria desejado que Lúcia fosse minha sem que eu mesmo percebesse como, por um milagre do qual não guardasse memória; que a nossa vida epidérmica tivesse começado na noite dos tempos, com o aparecer sobre a terra das primeiras flores, das primeiras vozes.

Por outro lado, o que o cardeal chamava a *posse* não era quase nada, era tudo. A forma ideal e definitiva da existência eram aquelas horas que eu vivera, primeiro na Rua Silva Manuel, depois no sobradinho do Max Meyer, momentos antes, quando a vida universal morrera para além de quatro paredes de um quarto – coberto de mapas dos cinco continentes inúteis.

LARGO DA MATRIZ

A Peregrino Junior

Nas festas do mês de maio, foi Joana que coroou a Virgem. Entre as luzes deslumbrantes do grande altar, com a imagem da Virgem toda ouro e azul, apareceu a mulatinha, de olhos baixos, vestida de cetim cor-de-rosa e duas asas brancas, muito abertas.

– É Joana que está coroando!

– Como está bonitinha a Joana de Nhá Rosa!

Perto de mim, um velho de cavanhaque, ossudo, alto, vestido de uma roupa preta muito antiga, apesar de ainda nova (devia ser um fazendeiro das imediações), soprou no ouvido do major Neves, coletor estadual:

– Não deviam permitir que uma crioulinha coroasse. Quem devia coroar era uma menina branca, de gente boa.

O major Neves fez um gesto esquivo e respondeu, como argumento único:

– É Joana de Nhá Rosa.

Joana, encarapitada numa escada por trás do altar, mantinha-se com dificuldade, estendendo o braço, querendo atingir, com a coroa na ponta dos dedos, a cabeça da Virgem. Na igreja cheia de povo, todos os olhos estavam fixos na criança. Em torno do altar, o vigário, os acólitos e os coroinhas assistiam, atentos, de mãos postas, os olhos no alto. Um rumor vago, feito de inquietos murmúrios, ondulava pela nave, como um frêmito. Joana parecia perder o equilíbrio, depois insistia; até que, firmando-se no tope da escada, conseguiu colocar na cabeça da Virgem, meio de lado embora, a coroa simbólica do místico reinado. O órgão explodiu no coro; vozes angélicas, que pareciam vir do céu, encheram a igreja. Encaminhando-se para o altar-mor, o vigário entoou o cântico latino.

– Devia ser uma menina branca – insistia, no ouvido do major Neves, o velho de cavanhaque.

– É a Joana de Nhá Rosa – tornou o coletor estadual.

Em triunfo, resplandecente de reflexos, Joana foi desaparecendo por trás do altar da Virgem.

Perdida no meio dos fiéis. Nhá Rosa soluçava em silêncio, sacudindo o corpanzil balofo. Joana tinha coroado! Joana tinha coroado! Com a cabeça enterrada nas mãos, a carapinha grisalha coberta pelo fichu preto da Ordem de São Benedito, ela chorava de felicidade e gratidão. Seu vigário tinha permitido que a sua Joana, menina de cor, coroasse a Virgem. Joana tinha coroado!

* * *

A casinha de Nhá Rosa era parecida com ela. Era uma casinha velha e trôpega, com umas gordas paredes de taipa, a se esborracharem ao peso do telhado. Tinha porta e janela. Ficava no Largo da Matriz, entre a Agência do Correio e a casa do capitão Candinho.

O capitão Candinho era o homem mais velho da cidade. Nas palestras à porta da venda do Maximiano, onde se reuniam as pessoas melhores do município, à tardinha, discutindo a política, o capitão Candinho era a única pessoa que zombava da Câmara Municipal, da Comissão Diretora do Partido Republicano Paulista e do Partido Democrático. A admiração dele não era pelas idéias, nem pelos programas: era pelos homens. Ele admirava o presidente Beltrão de Lima.

O capitão Candinho não tinha partido, não votava, não aceitava cargos, nada; guardava a liberdade de ler os jornais e de comentar os acontecimentos a seu modo. Há cerca de vinte anos que vendera a fazenda e vivia quieto na cidade, encaminhando os filhos – as moças para o internato ou para o casamento, como quisessem; os rapazes para as faculdades ou para o comércio, como entendessem. Ele vinha do Império. Fora liberal. Continuava liberal, no temperamento, nas risadas sadias, na generosidade. Nas suas conversas, aparecia sempre o barão da Camanducaia:

– Home bom, o barão da Camanducaia!

Tinham pertencido à mesma política, em 1886. O barão da Camanducaia morrera fulminado por um raio, em baixo de uma árvore, num dia de tempestade, quando viajava para Pindamonhangaba.

– Morte horrível a daquele homem, doutor!

O capitão Candinho gostou de mim.

* * *

Eu gostei foi da filha do capitão Candinho, a moça invisível da cidade, que passava os dias fechada em casa, lendo os romances que encomendava às livrarias do Rio.

Foi quase por acaso, uma tarde, que eu a vi de relance, na janela, toda pálida, de olhos pretos, um ar grave e longínquo, contemplando o morro em frente – como adivinhando atrás, muito além de léguas e léguas de serra, o mar, o mar das evasões e da infinita viagem.

Na mesa do pôquer, à noite, em casa do juiz, o escrivão Maneco me disse que Donana era muito inteligente.

– É irmã do Dr. Inácio.

O Dr. Inácio era promotor.

– O Dr. Inácio, como o senhor já deve saber, é o filho mais velho do capitão Candinho...

Foi só então que fiquei sabendo.

Ao remeter ao promotor da comarca, no dia seguinte, os autos de um inquérito – ferimentos leves, cacetadas na roça, entre caboclos encachaçados num domingo – tive uma certa emoção. Aquele bacharel, já pai de família, com quatro filhos, que ninava o caçula na janela, numa casa imensa da rua do Aterrado, era o irmão da moça pálida.

Comecei a ir pessoalmente buscar a correspondência na Agência do Correio, às segundas, quartas e sextas, quando o estafeta trazia as malas, a cavalo, através da serra. Assim havia sempre esperança de ver a filha do capitão Candinho.

Difícil. As outras moças diziam que ela era orgulhosa, mas descobri que não. Saía, às vezes, mas só para ir à casa de Nhá Rosa, que era pegado, ou na chacrinha de Sia Dona, no morro, ou então para visitar, nos casebres da várzea, uma mulher muito devota, que morava no meio de bichos e vasos de flores, entre muros meio esboroados de um casinholo.

Ela fazia, apenas, visitas a gente velha e pobre. Tinha longas conversas puras, sem maledicência nem outros venenos. E a evocação de outros tempos, na boca daquelas pessoas humildes, de cabeça branca, representava para ela um consolo de evasão impossível – a evasão sonhada pelo remoto mar, "além, muito além daquela serra". Donana não era orgulhosa: era boa e sensível.

* * *

Foi então que fiz amizade com Nhá Rosa. Passava por lá, quando voltava do correio. Meu ordenança ficava na esquina, de prosa com o fiscal da Câmara, ou o estafeta. Eu bebericava o cafezinho que Nhá Rosa me servia. Joana, espevitada, exagerava ademanes de pessoinha importante. Tinha coroado. Além disso, no grupo escolar (estava no primeiro ano) passava por ser a primeira da classe.

Nhá Rosa, com os mansos olhos raiados de sangue, arrastando-se pelo chão de terra batida, vinha até mim com a bandeja do café:

– Está feito na hora, doutor.

Eu conversava, disfarçava, acariciava Joana, depois acariciava o gato amarelo, e acabava perguntando:

– Como vai aí a moça do lado?

Nhá Rosa ria-se, mostrando as gengivas sem dentes.

– Donana? Vai bem, doutor. Ainda hoje esteve aqui.

– A que horas?

– Perto da horinha do jantar. Devia ser quatro e meia.

Diabo, eu nunca acertava com a hora para aquele encontro fortuito, tão desejado.

Os comentários, na cidade, eram favoráveis ao delegado. Moço bom, sem luxo, entra na casa de Nhá Rosa, uma pobre negra velha.

O capitão Candinho também simpatizava comigo (e eu muito mais com ele), por causa da admiração comum que nos unia: o presidente Beltrão de Lima, a energia, a decisão, o caboclo firme que quebra mas não verga.

* * *

Nunca pude encontrar-me com a moça em casa de Nhá Rosa. Mas me habituei a visitar aquela preta velha que lavava roupa e fuxicava trapos para sustentar a netinha.

A filha, mãe de Joana, sumira pelo mundo, depois que largava o marido, o Domiciano Soldado.

Domiciano Soldado não estava destacado na minha delegacia, mas num município próximo. De uma feita em que ele veio em diligência à cidade, foi ver Nhá Rosa. Deixou vinte mil réis para Joana. Era um bom rapaz, o Domiciano Soldado. Me pediu para arranjar uma divisa de anspeçada.

– Eu escrevo para São Paulo, Domiciano.

O meu ordenança, porém, informou:

– É bom rapaz, de fato, mas muito malandro. Negro lerdo, esse, puxa! Não gosta de dar serviço.

Que é que eu tinha com isso? Domiciano era pai de Joana, Joana era neta de Nhá Rosa, Nhá Rosa era vizinha de Donana.

* * *

Foi uma luta. Na família do capitão Candinho quase ninguém queria o casamento. Nem os irmãos, nem as irmãs – salvo Quitéria, a irmã solteira, que tinha olhos zangados mas era boa e sofria em silêncio com pena de mim, por eu ser fraco do peito. A zanga era só nos olhos e na maneira seca de cumprimentar. Em família, nas assembléias violentas em que se discutia o pedido, ela tomava a minha defesa, enquanto Donana, fechada no quarto, lia perdidamente a "Educação Sentimental", de Flaubert.

O capitão Candinho, esse, queria. Tinha oitenta anos, conhecia muita gente fraca do peito que vivera tanto como ele.

Só o que ele me pediu foi um ano de prazo.

Liberal. Conciliara a oposição do dr. Inácio, substituto eventual do chefe da família por ser o filho mais velho, com o romantismo de Donana e a atitude decisiva de Quitéria, solidária.

Nhá Rosa, ao corrente de tudo, ria-se sem dizer nada, envolvendo-me com a sua ternura silenciosa de preta velha. Ela rezava pelo meu bem e pelo bem de Donana.

* * *

Fiquei noivo. Agora, era com Donana que eu ia à casa de Nhá Rosa, brincar com Joana.

– Joana, que é que você quer que eu lhe traga de São Paulo?

Não respondia e saía correndo.

* * *

A sala de Nhá Rosa tinha só uma cadeira, que ela me oferecia. Se na mesma ocasião vinham vê-la outras pessoas, sentavam-se pelas canastras, ao longo das paredes. O chão de terra batida era sempre varrido. O gato amarelo dormia numa mancha de sol.

Donana tinha liberdade e entrava no quarto de Nhá Rosa, em que havia uma enxerga e a caminha de Joana. A cozinha, ao fundo, com o fogão de tijolo e umas panelas de barro, dava para um terreiro úmido, com a bica sempre escorrendo água entre uns limoeiros enormes, carregados de limões.

A casa de Nhá Rosa depositava na minha alma uma profunda ternura.

– Nhá Rosa, a senhora vive aqui tão só!

– Deus queira que eu tenha vida e saúde para criar a Joana. Que a mãe é uma desmiolada e o pai não olha por ela. Se eu morrer...

– Qual o quê, Nhá Rosa, a senhora vai viver muitos anos ainda.

Ela batia no coração, apontando o seu mal. Quando se erguia para ir buscar a bandeja de café, arquejava.

Joana pulava pela casa como um cabrito, inconsciente de todos os dramas da vida.

* * *

Noivo oficial, eu agora entrava todas as tardes em casa do capitão Candinho e era convidado para jantar.

Nhá Rosa aparecia às vezes, modesta, falando pouco, com muito respeito.

Na rede, embalando-se devagar, num jeito abstrato de quem pensa na sorte dos filhos, a mãe de Donana oferecia:

— Sente, Nhá Rosa.

— Obrigada, Nhá Chiquinha.

Não ousava sentar-se, por D. Chiquinha e talvez por mim.

Eu pedia a Nhá Rosa que fosse buscar Joana, para comer na mesa, com a gente. Tanto mais que, quando eu jantava lá, não aparecia ninguém a não ser Quitéria. As outras irmãs sumiam. Eu era o intruso. O moço fraco do peito que queria casar com Donana.

No fundo, talvez não fosse por isso. É que eu ia levar Donana embora. Ia iniciar a dispersão da família, porque um dia seria removido da comarca. A dispersão veio, aliás, antes de mim. Dr. Inácio, o austero promotor, foi a São Paulo fazer concurso para juiz. Nhá Chiquinha não se conformava em ficar longe dos netos.

Na venda do Maximiano, depois do jantar, o capitão Candinho continuava a zombar da Câmara Municipal:

— Há mais de dez anos que eu não vejo um balancete!

* * *

Anos depois, em Paris, Donana e eu íamos pela Avenida dos Campos Elíseos, numa noite de Natal. Uma vitrina iluminada mostrava brinquedos maravilhosos.

Nosso pensamento foi o mesmo:

— Joana havia de gostar...

Suspiramos com saudade. Como estaria Nhá Rosa? E o agente do correio? E tudo aquilo que rodeava a nossa casa e a nossa família naquele Largo da Matriz, com o morro em frente, barrando o caminho ao olhar desejoso de evasão?

O Arco do Triunfo, perto de nós, evocava as vitórias napoleônicas e o esplendor da civilização da Europa.

Dentro do coração, porém, era o Largo da Matriz que falava; a evocação das coisas humildes. Nhá Rosa...

* * *

As cartas de São Bento eram mais importantes para nós do que "La Nouvelle Revue Française". A mãe de Joana – desmiolada! – tinha aparecido para levar Joana: queria pôr a pequena num colégio interno. Domiciano fora promovido a sargento na revolução e ia viver de novo com a mulher. Estava em São Paulo no 1º batalhão. Nhá Rosa ficara só, na casinha do Largo da Matriz, fuxicando os seus trapos e lavando roupa.

Consolava-se. Duas vezes por ano, Joana viria passar as férias com ela, em junho e em dezembro.

Uma tarde em que ela se sentiu mal, pediu para falar a Nhá Chiquinha:

– Na canastra do meu quarto, tem tudo o que é preciso para eu ser enterrada como cristã.

Adoeceu gravemente. A família do capitão Candinho cuidou dela. Quitéria escreveu para São Paulo, chamando Domiciano, a mulher e Joana.

Chegaram tarde demais. Nhá Rosa morrera de repente, na véspera.

Foram abrir a canastra e encontraram, então, o único luxo daquela casa: o uniforme da Irmandade de São Benedito, a fita preta e branca da mesma Irmandade, um par de meias novas, borzeguins também novos e uma nota de cinqüenta mil réis para as despesas do enterro.

Era o produto de todas as economias de Nhá Rosa, aplicadas com um pensamento de decência e devoção.

Teve um enterro muito concorrido.

* * *

A morte de Nhá Rosa era um pedaço de nós mesmos que desaparecia sem remédio. Parecia que só então o nosso noivado estava findo.

Agora, quando voltássemos a São Bento, não teríamos aquela salinha de terra batida, com a cadeira de palha rústica, o café feito na hora e Nhá Rosa rindo com as gengivas sem dentes.

Assim havia de ser pelo resto da vida. Pouco a pouco, pessoas e coisas morreriam em São Bento. De cada vez, havíamos de sentir que o mundo nos despojava de uma realidade remota, mas presente, uma realidade misturada ao nosso ser físico e à nossa memória. Não seríamos então como pessoas mortas, nós dois, a caminhar por um mundo sem contatos?

No Jardim das Tulherias tudo era êxtase para os olhos. Os palácios de Paris erguiam cúpulas históricas. Os pardais, descendo dos castanheiros, meigos e ágeis, vinham pedir migalhas de pão aos transeuntes, movendo-se pela areia aos pulinhos.

Em torno, Paris oferecia-nos uma realidade urgente, mais rica de aspectos, de ocupações voluptuárias.

Donana e eu seríamos muito felizes se a curiosidade pudesse absorver-nos por completo, sem aquele Largo da Matriz que subsistia no fundo de nós, com Nhá Chiquinha, o capitão Candinho, Quitéria, Nhá Rosa, o agente do correio, Joana, a igreja, o morro em frente.

Então compreendemos que nosso maior bem seria aquele: carregar por todas as terras e por todos os mares uma obsessão afetiva, protetora fiel da ingenuidade morta.

O BAIANO

A Hermann de Moraes Barros

Diante do avanço das tropas de Minas, postadas agora na divisa do município, muitas famílias da cidade estavam de mudança pela serra abaixo, para Pindamonhangaba. Todos os veículos eram utilizados: autos, caminhões, carros de bois. Já não havia um cavalo nos pastos. Pela estrada de Santo Antônio do Pinhal, a longa fieira das alimárias transportava os fugitivos. Dizia-se que os soldados de Minas eram perversos e estavam cortando cabeça de prisioneiro.

O velho capitão Candinho, como todas as tardes, ia dar a sua prosa na venda do Maximiano, mas já não encontrava ali as pessoas do costume. O próprio Maximiano, temeroso do saque, tinha resolvido esconder o sortimento numa chácara da roça e fechar as portas. Quando os mineiros entrassem, feijão dele é que não comeriam!

– Qual! – dizia o capitão Candinho. – Que mal é que os mineiros nos podem fazer?

O Dr. Calimério, juiz do direito, telegrafara para São Paulo: a situação grave obrigara o pessoal do foro, com suas famílias, a desertar da cidade. Que devia ele fazer? Um oficial de gabinete do presidente revolucionário respondera gaiato: "Como D. Pedro I, fique." Essa resposta doeu mais no coração do austero magistrado do que toda a guerra civil que ensangüentava o Estado e repercutia naquele tranqüilo burgo da serra.

Trinta soldados da polícia cobriam São Bento. A divisa chegava, em certos pontos, a meia légua da cidade. A olho nu, do alto do morro do cemitério, via-se a trincheira em que os paulistas defendiam o território contra o ataque da mineirada invasora. O coronel Faria, chefe político, que também não quisera abandonar a sua terra, subia de binóculo até o tope do morro e acompanhava as operações. Quando os tiros rolavam, multiplicando-se em ecos pelo vale montanhoso do Sapucaí, ele chorava de raiva e estendia o punho:

– Deixa estar, mineirada traidora! O pago vocês vão ter!

Sua filha, Iaiá Faria, organizara a Cruz Vermelha no edifício da Câmara Municipal. A Santa Casa da cidade, que tinha apenas quatro leitos, já estava cheia: dois soldados e dois civis. Os outros feridos iam sendo acomodados em enxergões pelas salas da Câmara, em cujas paredes os editais, agora inúteis, recordavam um tempo que parecia remoto: tempo suave de pacíficas sessões, discussão dos melhoramentos, intimação para a coleta de impostos.

Até agora só houvera um morto nos combates da divisa: um pretinho anspeçada, que levara uma bala num olho. A comoção foi grande em São Bento. O enterro teve toda a pompa. O coronel Faria fez um discurso à beira da cova. As moças da Cruz Vermelha cobriram de flores a terra fresca.

O tenente que comandava a tropa não cessava de telegrafar ao quartel-general em São Paulo, explicando que os mineiros estavam recebendo reforços e, em breve, contra São Bento, seria dado um grande ataque, ficando aberto para os legalistas o caminho de Pindamonhangaba; por esse caminho eles poderiam descer até o Vale do Paraíba, cortando assim a retaguarda dos paulistas em marcha contra Barra do Piraí.

O comando mandou então mais cinqüenta homens, uma companhia de voluntários de Santos, rapazes esportivos, habituados ao remo, que desfilaram pela principal rua da cidade exibindo uma robusta peitaria. Agora é que os mineiros iam ver o que era bom!

O coronel Faria chorava de entusiasmo e Iaiá se apaixonou logo por um dos voluntários, mas não sabia qual.

* * *

O João Estafeta, caboclinho magro e doentio, que ninguém supusera capaz de nada, prestava serviços arriscados: era espião. Disfarçado em tropeiro, metia-se pelos atalhos da serra e penetrava do lado do inimigo, a colher notícias. Na mesma noite da chegada dos voluntários santistas, ele apareceu na cidade para anunciar:

– Os mineiros também estão esperando reforço. É um batalhão da polícia da Bahia.

Os baianos! Toda gente sabia que era a tropa mais cruel, composta de cangaceiros, de assassinos, do rebotalho do sertão, que o governo da Bahia fardara e expedira num vapor do Lloyd, para ajudar o governo federal.

As poucas famílias que tinham ficado em São Bento nem dormiram naquela noite, com terror dos baianos. Pela manhãzinha, o estrépito da fuzilaria levou os curiosos ao morro do cemitério: na divisa, o combate era furioso.

– Eles entram! – exclamava o Maximiano, em soluços.

– Não entram – regougava o dr. Calimério, pondo o binóculo na direção de Minas.

– Não entram, cambada! – apoiava, aos urros, o coronel Faria.

As metralhadoras estalavam como granizo quando cai nos telhados de zinco. As granadas de mão davam estouros secos. Via-se a correria dos soldados, protegidos pelas trincheiras, mudando de posição.

— Aquele morreu! gritou Dr. Calimério, passando o binóculo ao coronel Faria.

— Oh!

Os tiros foram escasseando. A última metralhadora estrepitou ainda. Depois, foi o silêncio. Na calma que se fez por todo o Vale do Sapucaí, o vento carregou "hurras!" delirantes. E um grito insólito, desconhecido naquelas regiões, rolou:

— Aleguá! guá! guá!

— Aleguá! guá! guá!

Era o grito do esporte náutico. Os voluntários de Santos cantavam vitória, como após uma regata na raia do Valongo.

O coronel Faria despencou pelo morro abaixo, no desespero da alegria.

* * *

Que é que haviam de fazer daquele prisioneiro?

Escoltado por cinco soldados da polícia paulista, o soldado baiano chegou à ponte do Aterrado, onde começam as primeiras casas da cidade, entre as quais, ao longo de velhos muros, a chácara do coronel Faria. Já muita gente, prevenida de que os paulistas haviam feito um prisioneiro, se apinhara perto da ponte, para ver o baiano passar. Seria um assassino? Alguém alvitrou que poderia ser um parente de Antônio Conselheiro. Gente da Bahia, que é que se pode esperar?

A escolta, comandada por um cabo, atravessou a ponte, levando à frente, desarmado, com a blusa cáqui rasgada no peito, um mulato de barba crescida. Ele vinha tranqüilo, fatigado, sem nenhuma empatia. Parecia um preso qualquer.

João Estafeta espalhou entre o povo que se tratava de um sujeito terrível; atirara-se à trincheira dos paulistas de baioneta calada, querendo à viva força romper passagem para os companheiros mais prudentes, que as bombas de mão haviam repelido. Vira-se, de repente, cercado pelos constitucionalistas e dissera apenas:

– Bom. Perdi.

E entregara-se.

Pela Rua do Aterrado, em direção do Largo da Matriz, a fim de que a cidade inteira pudesse ver o prisioneiro, a escolta desfilou. Nas janelas, o que restava das famílias da cidade estava em peso, numa curiosidade cheia de ódio. Era aquele, o baiano desgraçado? Ah, baiano miserável!

Ao passar pelo Bar do Ponto, o prisioneiro parou e disse à escolta:

– Camaradas, vocês me compram um maço de cigarros?

E tirou do bolso uma moeda.

O cabo hesitou. Um soldado foi de opinião:

– Não há mal nenhum, seu cabo.

O cabo mandou comprar o maço de cigarros, que o prisioneiro ofereceu primeiro à escolta: "Servidos?" Foram murmúrios no povo. O Antoninho Bilheteiro gritou, revoltado:

– Vamos linchar esse baiano cínico!

Outras vozes responderam:

– Lincha! Lincha!

O cabo comandante ergueu a mão e fez "ssssiu!", pedindo silêncio. Mas o povo estava aquecido com os primeiros gritos, e continuou lincha! lincha! lincha! até o Largo da Matriz, donde a escolta desceu pela ladeira, até a cadeia.

A cadeia estava sob a guarda de três civis da cidade, o Pedro Parente, escrivão da coletoria, armado de revólver, o Neco Emerenciano, oficial de justiça, de fuzil Mauser, e o carcereiro, com uma espingarda de caça.

Entregue o preso, o cabo voltou-se para o povo e disse alto, enfático, à maneira de discurso:

– Prisioneiro é sagrado. Quem tiver valentia, vá ajudar na trincheira.

Os curiosos dispersaram-se, humilhados, e a escolta voltou para o Aterrado, sob os aplausos das famílias entusiásticas, sempre às janelas. Os cinco soldados constitucionalistas sumiram na estrada, rumo à linha de fogo.

* * *

A conspiração fora organizada pelo Antoninho Bilheteiro. Um grupo de umas dez pessoas, com a cumplicidade da guarda da cadeia, tirou do xadrez o baiano "para dar-lhe uma boa lição".

Caía a tarde sobre São Bento e, na divisa de Paraisópolis, a fuzilaria recomeçara. Os legalistas atacavam de novo, obstinados naquela passagem da serra, que lhes abriria o caminho para o Vale do Paraíba.

Mas a população civil não prestava mais atenção ao toc-toc-toc das metralhadoras longínquas, como motocicletas invisíveis disputando uma corrida sem fim. Um magote de curiosos rodeava o baiano, que o Antoninho Bilheteiro conduzia em triunfo, amarrado com as mãos nas costas, em direção à ponte do Aterrado. As janelas fechavam-se, para que as moças não vissem aquilo. O baiano vinha nu, apenas com um saco de aniagem passado em torno da cintura. Vozes explodiam com raiva:

– Tira uma lasca desse assassino!

– Cachorro!

– Há de saber o que é paulista, baiano à toa!

A sombra da noitinha parecia vestir o mulato, com pudor. De cabeça baixa, a barba hirsuta tocando o peito escuro, o baiano seguia resignado, indiferente aos insultos.

– Como é que tu te chamas, baiano barato?

– Fala, negro!

O magote de povo seguia, aos encontrões, ávido, tendo sempre à frente o Antoninho Bilheteiro em triunfo.

Ao chegar à ponte, Antoninho Bilheteiro parou e bateu palmas, pedindo silêncio:

– Pessoal! O povo de São Bento condenou à morte este baiano. Está decidido que ele vai morrer afogado no Sapucaí.

O baiano encarou a morte com serenidade. A noite caíra de todo. Nos lampeões do Aterrado, as luzes mortiças eram como olhos de piedade. Empurraram o mulato até a beira da ponte; embaixo, as águas escachoavam.

João Estafeta sabia o valor de um prisioneiro, porque para obter informações já arriscara a vida muitas vezes. Por isso – anunciou – ia interrogá-lo. O povo esperou, ansioso.

– Baiano, falou maciamente João Estafeta, nós te perdoamos a vida se você nos contar direitinho tudo que sabe sobre os legalistas.

O Maximiano, que acabara de fechar a venda e vinha correndo para tomar parte na execução (que ninguém sabia se era a sério, ou se não passava de comédia, para arrancar informações ao prisioneiro), afastou o João Estafeta:

– Sou eu que quero interrogar o bicho. Como é, baiano, quantos soldados têm os legalistas?

O baiano mostrou um riso de indiferença e deu de ombros. O povo, em silêncio, parecia esperar daquela boca uma revelação extraordinária, que salvaria a cidade.

– Fala, baiano! – gritou o Antoninho Bilheteiro, agarrando-o, arrancou-lhe o saco de aniagem da cintura e berrou:

– Fala, diabo! Nós te perdoamos a vida!

Afinal, o baiano falou:

– Eu só sinto... – Fez uma pausa longa. – Eu só sinto que vocês me façam passar por esta vergonha. Matar, podem matar. Mas me matem vestido, e não com as minhas partes de fora.

Então, subiu do povo um murmúrio de estupor. Antoninho Bilheteiro teve um rasgo:

– Baiano! Antes de morrer, me dá um abraço!

O baiano, de mãos amarradas, oscilou com o abraço; ia caindo; Joãozinho Estafeta amparou-o.

Nesse instante, o coronel Faria, que passara o dia todo pelas roças, a recrutar voluntários entre os caboclos, surgiu a cavalo na ponte.

– Que é isso aí com esse homem nu? É o nosso prisioneiro?

Maximiano rompeu com entusiasmo:

– O mulato é homem até na hora da morte!

Contaram ao coronel Faria o sucedido. Mas não foi preciso que o chefe político mandasse desatar o baiano: já o João Estafeta tomara essa iniciativa.

Antoninho Bilheteiro, noutro rasgo de generosidade, despiu o próprio casaco e cobriu o peito do baiano.

– Vamos embora, disse o coronel Faria. Venha comigo, baiano. Vamos ali em casa buscar umas roupas.

Seminu, apenas com o casaco do Antoninho Bilheteiro passado no peito, o baiano caminhou na sombra da noite ao lado do coronel Faria, enquanto em torno o povo respeitoso fazia roda, para impedir que as moças, às janelas, pudessem vê-lo naquele escandaloso estado.

De repente, do fundo do horizonte veio, remoto, o grito já conhecido:

– Aleguá! guá! guá!

– Aleguá! guá! guá!

Os rapazes do esporte náutico ensinavam a alegria aos legalistas obstinados, desafiando-os.

Na venda do Maximiano, reconfortando-se com um gole de cachaça antes de voltar à cadeia, o baiano fazia a admiração geral. A cada instante chegavam meninos, com presentes que mandavam as famílias: latas de goiabada, sequilhos, fumo de rolo. O prisioneiro agradecia canhestro. Ao sorrir, mostrava através da barba hirsuta de mulato uns dentes brancos, pontudos, de uma ferocidade pacífica.

A espaços, escutava-se, trazido pelo vento, o eco de um tiro perdido, vago refrão da guerra civil.

BILU, CAROLINA E EU

A Luís Delgado

Minhas melhores amigas de infância foram Bilu, aluna de piano de minha avó, e Carolina. Nem pareciam irmãs, tão diferentes eram como temperamentos.

Magrinha e pálida, Bilu tinha um ar grave de menina que compreende que a vida é triste, que sonhar é inútil e que tudo será sempre fatigante. Tocar piano é bom para esquecer.

Carolina, quando a conheci tinha dez anos (dois anos mais moça que Bilu) e era absolutamente incapaz de aplicar a atenção durante cinco minutos a um teclado ou um livro. O que ela queria era brincar na praia, de pegador, em corridas vertiginosas, ou andar pelo mato que havia nos fundos da chácara, atirando pedra em passarinhos, procurando araçás, massacrando formigueiros.

Bilu ficava lá dentro, com minha avó, diante do piano. A escala monótona do solfejo perdia-se na tarde. E Carolina puxava-me pela mão, rumo ao mar ou ao quintal. Sumíamos.

* * *

Carolina inspirava-me um indefinível terror. Eu obedecia-lhe com certo sentimento de humilhação, mas obedecia-lhe sempre. Sua presença animava-me de uma poderosa alegria. No íntimo, queria-lhe bem e detestava-a, sem poder explicar a complexidade dessas impressões contraditórias.

Com Bilu era diferente. Folheávamos livros de figuras, conversávamos, contávamos histórias, com uma seriedade precoce de pessoas grandes. Vinha das suas palavras e dos meus olhos uma pacificação meiga. Quando eu tinha Bilu perto de mim, tudo em torno era bom e conformado. Às vezes, acontecia que eu estava a mostrar-lhe um desenho ou a explicar-lhe um ponto de aula. De repente, aparecia Carolina, que me empurrava às risadas para fora da sala, à maneira de convite para brincar. Eu seguia Carolina, contente de evadir-me; porém, com um remorso secreto. Bilu sorria-me, perdoando. Clorótica e romanesca, ela admirava a animalidade jovial de Carolina, adversária de todos os estudos deste mundo. Por inversa razão, Carolina tinha pela irmã um respeito de primitivo pelo missionário da religião desconhecida.

Em mim havia as duas tendências, a que repelia os livros e a que me atraía para eles. Por isso, Carolina e Bilu satisfaziam os meus dois instintos. Com uma, eu gostava de correr, pular, dançar, cantar, agitar o meu ser físico. Tudo nela correspondia a um violento gosto material de existir, que também me possuía. Com outra, eu tinha o ambiente para as reações da sensibilidade lírica. Bilu dava-me desejos mansos de embarcar numa nuvem, de ouvir vozes de anjos, de ficar sentindo que a vida se evola num fio tênue de fumo, e a gente adormece feliz, num murmúrio.

* * *

Minha avó morreu, acabaram-se as lições de piano. Ficou a amizade entre as nossas famílias e, principalmente, entre Bilu, Carolina e eu.

* * *

Por volta dos quinze anos, quando não sei quê de vago se espalhou em minhas primeiras inquietudes, pus-me a examinar este problema: eu amava uma das duas, mas, qual? Também uma das duas gostava de mim; mas, qual?

Dançando uma noite com Carolina, senti um súbito retraimento. Ela me fixou, hesitante. Íamos falar? Quem falaria primeiro? Devia eu dizer que a amava? Não queria depois que ela tivesse o direito de rir-se de mim – de rir-se com aquele sarcasmo cruel que às vezes lhe cintilava nos olhos. O inconfessado terror que Carolina me inspirava desde a infância vinha daquele jeito de rir-se de todos, de tudo. Se eu lhe falasse em amor... Bom, era melhor não correr o risco. E não lhe disse nada. Nem naquela noite, nem nunca.

De resto, um indefinível instinto me advertia de que, se viéssemos a gostar um do outro – gostar deveras, gostar muito, de amor – brigaríamos logo, com brutalidade, aos gritos, talvez à pancada. Ela me dava a impressão de ter nascido para dominar um homem a poder de pancada.

Era provavelmente Bilu que me amava. Bilu tinha doçura, a qualidade mais tocante das mulheres. Muitas vezes, debruçado sobre o livro de estudo, eu interrompia a leitura para pensar em Bilu. Se não estava certo de amar Carolina, por força que amava então Bilu. Depois, indo à noite à casa delas, Bilu me chamava para ouvir Chopin, e a tristeza dos noturnos me penetrava de uma ansiedade irremediável. No entanto, quando Bilu ia fechar o piano, eu pedia uma valsa, uma valsa rodopiante, das antigas, e dançava com Carolina até cairmos extenuados, tontos, às risadas, no sofá da sala. Perto dela não havia problemas espirituais, a vida era fácil e saborosa como goiaba madura.

* **

Fui estudar Direito em São Paulo. Perdi a minha terra. A mudança de cidade influi nos nossos destinos. Aliás, eu deveria ter voltado, aprofundado o caso, descoberto qual das duas amava e com uma delas casado. Com Carolina? Com Bilu?

Não importa. Nunca voltei e nunca as esqueci. É bom também cultivar umas finas melancolias, uns delicados remorsos. Tudo isso contribui para enriquecer essa coisa escura que carregamos dentro de nós e a que chamamos enfaticamente mundo interior. O essencial não é talvez a felicidade, mas a indagação constante do modo pelo qual devíamos ter sido felizes.

* * *

Pois uma noite destas, de regresso de muito longe, vim a saber que Bilu e Carolina estão casadas e morando no Rio. Com surpresa e alvoroço, recebi delas um convite para jantar.

Logo à primeira vista, achei os maridos extremamente simpáticos. Confesso, entretanto, que me senti constrangido. Eram eles, em suma, os senhores e possuidores daquelas duas criaturas a que viveu ligada toda a minha meninice. Parecia-me ver habitada por outrem uma casa de minha família, perdida, por dívida, em arrematação legal. Era lícito, mas um tanto doloroso.

O que não posso compreender é como a vida foi armar esta contradição: o marido de Bilu (que continua pálida e sentimental), é um rapaz sanguíneo, de maneiras expansivas e sonoras; e o de Carolina, moça cada vez mais animal e exuberante, é quieto, de uma timidez sorumbática.

Acabado o jantar, fizemos um pouco de música. Os noturnos de Chopin são sempre a paixão de Bilu. E, depois deles, como outrora, dancei com Carolina. Dançamos uma rancheira estupenda.

* * *

Saí sem saber se são felizes. Provavelmente não, a julgar por certo olhar triste de Bilu. E por um dar de ombros de Carolina, acompanhado de um riso, ah! um riso...

O certo é que, definitivamente, fiquei convencido de ter amado sempre, sempre, uma das duas. Devia ter casado com uma das duas. Mas, qual?

BIOGRAFIA

Nascido em Santos, Estado de São Paulo, a 12 de março de 1898 e falecido em Paris a 30 de maio de 1963. Filho de José de Almeida Couto e de D. Nísia da Conceição Esteves Ribeiro.

Cursou a Escola de Comércio José Bonifácio, em Santos. Em 1915 iniciou o curso jurídico na Faculdade de Direito de São Paulo, na qual permaneceu até o quarto ano. Bacharelou-se na Faculdade de Ciências Jurídicas e Sociais do Rio de Janeiro em 1919. Jornalista em São Paulo de 1915 a 1918; no Rio de Janeiro de 1919 a 1922. Promotor Público no Estado de São Paulo entre 1924 e 1925 e no Estado de Minas Gerais de 1926 a 1928. Vice-cônsul do Brasil em Marselha de 1929 a 1931. Adido ao Consulado Geral em Paris, 1932. Nomeado cônsul em 1932. Segundo Secretário de Legação na Holanda (1935-1940). Primeiro Secretário de Legação, 1942. Encarregado de Negócios em Lisboa de 1944 a 1946. Ministro Plenipotenciário na Iugoslávia, em 1947. Embaixador na Iugoslávia, em 1952.

BIBLIOGRAFIA

PoEsia

"O Jardim das Confidências", São Paulo, 1921.
"Poemetos de Ternura e de Melancolia", São Paulo, 1924.
"Um Homem na Multidão", 1926.
"Canções de Amor", São Paulo, 1930.
"Noroeste e Outros Poemas do Brasil", São Paulo, 1932.
"Província", Coimbra, Portugal, 1934.
"Cancioneiro de Dom Afonso", 1939.
"Cancioneiro do Ausente", 1943.
"Dia Longo", 1944.
"Entre Mar e Rio", 1952.

Prosa

"A Casa do Gato Cinzento", São Paulo, 1922.
"O Crime do Estudante Batista", São Paulo, 1922.
"A Cidade do Vício e da Graça", 1924.
"Baianinha e Outras Mulheres", 1927. (Prêmio de contos da Academia Brasileira de Letras em 1928.)
"Cabocla", São Paulo, 1931.
"Espírito de São Paulo", 1932.
"Clube das Esposas Enganadas", 1933.

"Presença de Santa Teresinha", 1934.
"Chão de França", 1935.
"Conversa Inocente", 1935.
"Prima Belinha", 1940.
"Largo da Matriz", 1940.
"Histórias de Cidade Grande", 1963.

ÍNDICE

Prefácio 7

O Crime do Estudante Batista 15

A Amiguinha Teresa 41

A Denúncia do Sangue 49

A Conquista 61

A Ponta do Cigarro 67

Baianinha 89

D. Teodorinha 103

O Primeiro Amor de Antônio Maria 117

Uma Noite de Chuva ou Simão, Diletante de
    Ambientes 129

O Egoísta 139

O Bloco das Mimosas Borboletas 151

Milagre de Natal 165

Mistério de Sábado 175

Uma Criatura sem Dono 185

243

Madame Renon & Sobrinha – Modistas 199

Clube das Esposas Enganadas 209

Largo da Matriz 215

O Baiano 225

Bilu, Carolina e Eu 233

Biografia 239

Bibliografia 241

COLEÇÃO MELHORES POEMAS

CASTRO ALVES
Seleção e prefácio de Lêdo Ivo

LÊDO IVO
Seleção e prefácio de Sergio Alves Peixoto

FERREIRA GULLAR
Seleção e prefácio de Alfredo Bosi

MARIO QUINTANA
Seleção e prefácio de Fausto Cunha

CARLOS PENA FILHO
Seleção e prefácio de Edilberto Coutinho

TOMÁS ANTÔNIO GONZAGA
Seleção e prefácio de Alexandre Eulalio

MANUEL BANDEIRA
Seleção e prefácio de Francisco de Assis Barbosa

CECÍLIA MEIRELES
Seleção e prefácio de Maria Fernanda

CARLOS NEJAR
Seleção e prefácio de Léo Gilson Ribeiro

LUÍS DE CAMÕES
Seleção e prefácio de Leodegário A. de Azevedo Filho

GREGÓRIO DE MATOS
Seleção e prefácio de Darcy Damasceno

ÁLVARES DE AZEVEDO
Seleção e prefácio de Antonio Candido

MÁRIO FAUSTINO
Seleção e prefácio de Benedito Nunes

ALPHONSUS DE GUIMARAENS
Seleção e prefácio de Alphonsus de Guimaraens Filho

MURILO MENDES
Seleção e prefácio de Luciana Stegagno Picchio

PAULO LEMINSKI
Seleção e prefácio de Fred Góes e Álvaro Marins

RAIMUNDO CORREIA
Seleção e prefácio de Telenia Hill

CRUZ E SOUSA
Seleção e prefácio de Flávio Aguiar

DANTE MILANO
Seleção e prefácio de Ivan Junqueira

JOSÉ PAULO PAES
Seleção e prefácio de Davi Arrigucci Jr.

CLÁUDIO MANUEL DA COSTA
Seleção e prefácio de Francisco Iglésias

MACHADO DE ASSIS
Seleção e prefácio de Alexei Bueno

HENRIQUETA LISBOA
Seleção e prefácio de Fábio Lucas

AUGUSTO MEYER
Seleção e prefácio de Tania Franco Carvalhal

RAUL DE LEONI*
Seleção e prefácio de Pedro Lyra

BUENO DE RIVERA*
Seleção e prefácio de Wilson Figueiredo

ALVARENGA PEIXOTO*
Seleção e prefácio de Antonio Arnoni Prado

RIBEIRO COUTO*
Seleção e prefácio de José Almino

CESÁRIO VERDE*
Seleção e prefácio de Leyla Perrone-Moisés

ANTERO DE QUENTAL*
Seleção e prefácio de Benjamin Abdala Junior

PRELO*

OLAVO BILAC
Seleção e prefácio de Marisa Lajolo

JOÃO CABRAL DE MELO NETO
Seleção e prefácio de Antonio Carlos Secchin

FERNANDO PESSOA
Seleção e prefácio de Teresa Rita Lopes

AUGUSTO DOS ANJOS
Seleção e prefácio de José Paulo Paes

BOCAGE
Seleção e prefácio de Cleonice Berardinelli

MÁRIO DE ANDRADE
Seleção e prefácio de Gilda de Mello e Souza

PAULO MENDES CAMPOS
Seleção e prefácio de Guilhermino César

LUÍS DELFINO
Seleção e prefácio de Lauro Junkes

GONÇALVES DIAS
Seleção e prefácio de José Carlos Garbuglio

AFFONSO ROMANO DE SANT'ANNA
Seleção e prefácio de Donaldo Schüler

HAROLDO DE CAMPOS
Seleção e prefácio de Inês Oseki-Dépré

GILBERTO MENDONÇA TELES
Seleção e prefácio de Luiz Busatto

GUILHERME DE ALMEIDA
Seleção e prefácio de Carlos Vogt

JORGE DE LIMA
Seleção e prefácio de Gilberto Mendonça Teles

CASIMIRO DE ABREU
Seleção e prefácio de Rubem Braga